Vlad Veratu

Bisss zum ersten Date
So findest du todsicher die ewige Liebe!

Vlad Veratu

Bisss zum ersten Date

So findest du todsicher die ewige Liebe!

Aus dem Amerikanischen übersetzt von
Jessika Komina und Sandra Knuffinke

Illustriert von Martina Lina Hirschpiel und Danny Weiser

Loewe

Der Autor dankt:
David Levithan,
Erin Black,
Rachel Griffiths,
Mallory Kass,
Victoria Kosara,
J. R. Mortimer,
Jennifer Rees,
Gregory Rutty
und Divya Sawhney
für ihre Mitarbeit an diesem Buch.

Wahrlich, es ist,
als sei jeder von euch ein Teil von mir.

Der Umwelt zuliebe ist dieses Buch
auf chlorfrei gebleichtem Papier gedruckt.

ISBN 978-3-7855-6959-7 · 1. Auflage 2009

Published by Arrangement with SCHOLASC INC., 557 Broadway, New York,
NY 10012 USA
Die Originalausgabe ist 2009 in den USA bei Scholastic Inc. unter dem Titel
The Vampire is just not that into you erschienen.
Dieses Werk wurde vermittelt durch die Literarische Agentur
Thomas Schlück GmbH, 30827 Garbsen.
Aus dem Amerikanischen übersetzt von
Jessika Komina und Sandra Knuffinke

Innenillustrationen von Martina Lina Hirschpiel, Danny Weiser
und iStockphoto LP
Innenlayout: Ines Wagner
Umschlagillustrationen: iStockphoto LP
Umschlaggestaltung: Christian Keller
Printed in Slovenia (004)

www.loewe-verlag.de

Inhalt

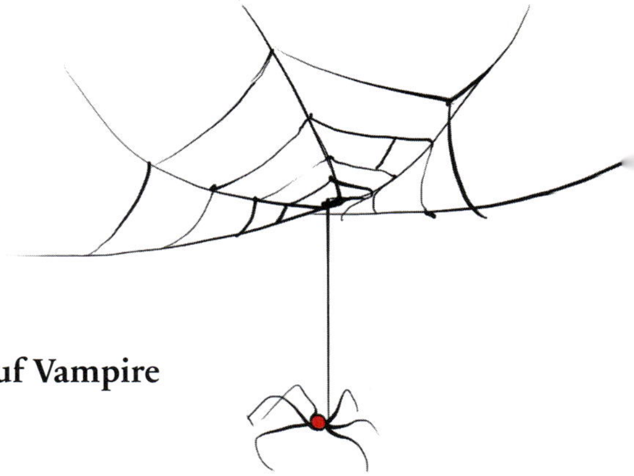

Soso ... du stehst also auf Vampire

Das ist keine Frage. Natürlich stehst du auf Vampire. Jeder steht auf uns. Vielleicht denkst du ja, einen Vampir abzukriegen kann doch nicht so schwer sein: bloß ein bisschen Hals zeigen, die Kruste an deinem Knie wieder abknibbeln und möglichst hilflos wirken, wenn's drauf ankommt. Zum Beispiel, wenn du gleich von einem Auto überrollt wirst, wenn sich ein Puma auf dich stürzen will, wenn der Lehrer dich aufruft und du die Antwort nicht weißt, weil du vor lauter Tagträumen über deinen imaginären Vampirlover nicht aufgepasst hast usw. Da hast du dich aber mächtig geschnitten (mmh, eine durchaus angenehme Vorstellung ...). Klar, hin und wieder mag es dir gelingen, die Stelle zu erwärmen, an der sein Herz einmal war. Aber ganz so einfach kriegst du einen Vampir nicht rum.

Man könnte ja denken, Vampire wären leicht zu durchschauen, wo sie doch so außergewöhnlich durchscheinende Haut haben und so. Tja, falsch gedacht. Und sie zu verstehen ist überaus wichtig – ja, es könnte sonst den Tod eurer Beziehung bedeuten (nun ja, und übrigens auch deinen).

Dieses Buch soll dir dabei helfen. Ich, Vlad Veratu, zeige dir alle Tops und Flops, alle Höhen und Tiefen, und alle blutigen und unblutigen Details des Umgangs mit Vampiren. Ich verrate dir, was dein Traumvampir denkt, wenn er bei dir ist, was er denkt, wenn er nicht bei dir ist, und was du tun kannst, damit er dir, und ganz allein dir, gehört – vom Morgengrauen bis zur Mittagsstunde und vom Abendrot bis zum Ende der Nacht.

Denn bei so einem heiklen Thema vertraut man am besten einem Experten. Und wer, wenn nicht ein Insider wie ich, Vlad Veratu, wäre ein besserer Fachmann für Vampire?

Traumtyp mit Bisss

Vampir
oder
Möchtegern?

Viele Mädchen jammern mir immer wieder vor: „Vlad, es ist so schwer, den richtigen Vampir zu finden. Immer falle ich auf die Falschen rein – manchmal sind es sogar … Menschen!“

Ich kann die Verwirrung gut verstehen. Früher war es so einfach, Menschen und Vampire auseinanderzuhalten. Der Unterschied war so klar wie der zwischen Blut und Cola. Aber dann kamen die Blender ins Spiel: Menschenjungs, die sich als Vampire ausgeben. Natürlich behaupten sie, das hätte ganz andere Gründe – dass sie eine bestimmte Band mögen, an Blutarmut leiden oder denken, Schwarz steht ihnen gut –, aber vertrau mir, sie versuchen nur, dich in die Liebesfalle zu locken. Fall nicht darauf herein! Du verdienst einen echten Untoten.

Ich fange nie wieder etwas mit einem Menschen an. „Vom Vampir ein Kuss und mit Menschen ist Schluss“, wie es so schön heißt. Erstens sind Vampire total scharf. Und nicht so nach dem Motto „Wenn ich die Augen zusammenkneife und dich aus einem bestimmten Winkel im Gegenlicht angucke, siehst du ein bisschen aus wie Robert Pattinson mit Mumps“. Sondern richtig scharf. Sie kriegen niemals Akne. Sie haben alle einen tollen Körper, weil Blut superwenig Kohlenhydrate hat. Sogar ihr Gesichtsausdruck ist sexy! Die meiste Zeit lang guckt ein Vampir einfach nur arrogant. Man weiß nie, ob er nur dein Outfit beschissen findet oder sich nicht entscheiden kann, ob er dich anmachen oder aussaugen soll. Ich liebe diese Ungewissheit!

Emily, 17

Wenn du herausfinden willst, ob ein süßer Typ tatsächlich ein Vampir ist, guck dir sein Äußeres an. Beurteile das Buch nach seinem Umschlag und finde heraus, ob es ein aufregendes, poetisches Epos ewiger Leidenschaft ist oder doch nur ein lahmes Faltblatt voll menschlicher Druckfehler.

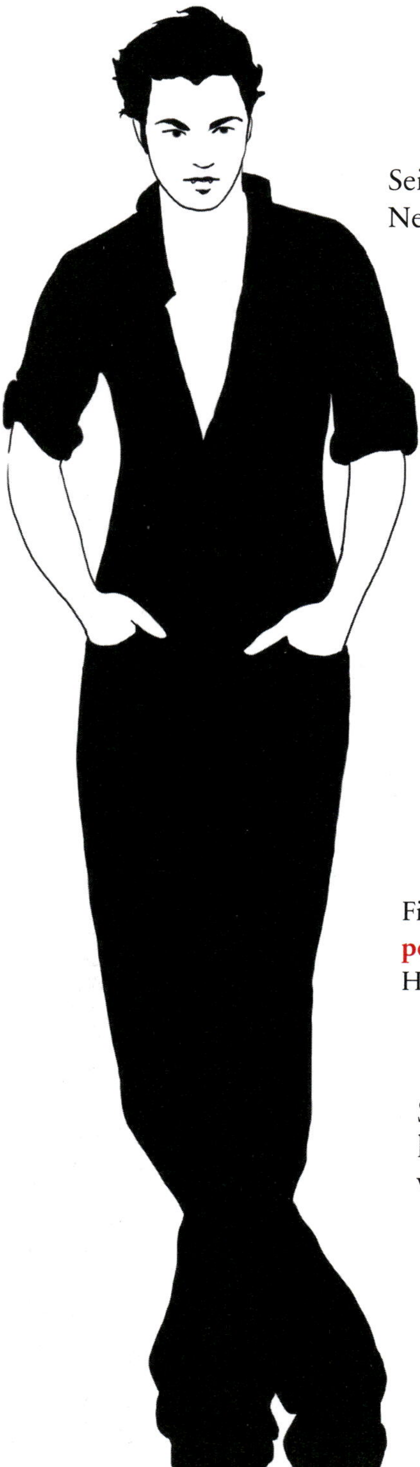

Nosferatu

Seine **Haare** sind perfekt verwuschelt. Nein, perfekt! Nein, verwuschelt!

Er hat stets sympathisch **minzfrischen Atem.**

Achte auf die **Eckzähne.** Sind sie scharf und lang, dann ist das ein untrügliches Zeichen. Aber auch **blendend weiße Zähne,** die im Dunkeln leuchten, sind wahrscheinlich nicht nur das Resultat von übermäßigem Perlweiss-Gebrauch.

Augenfarbe variiert von golden bis nachtschwarz, hin und wieder auch blutrot. Besonders ausgebuffte Vampire tragen getönte Kontaktlinsen, aber es gibt ein todsicheres Zeichen dafür, dass ein Typ wirklich untot ist: Sagt sein Blick, dass er dich auf der Stelle verschlingen will? Glückwunsch! Du hast einen hundertprozentigen Originalvampir vor dir.

Finde eine Gelegenheit, den Kopf an seine **perfekt gemeißelte Brust** zu legen. Kein Herzschlag? Bingo!

Seine **Haut** ist strahlend weiß und hart wie Marmor. Bonuspunkte, wenn er auch noch glitzert!

Unbeschreiblich herrlicher Duft. Wie ~~Sonne, nachdem es geregnet hat, Sehnsucht, Eis, das in einem Feuer schmilzt, das wiederum gerade einfriert, Plätzchen~~? Nein, es ist wirklich unbeschreiblich.

Vampir

… oder Niete?

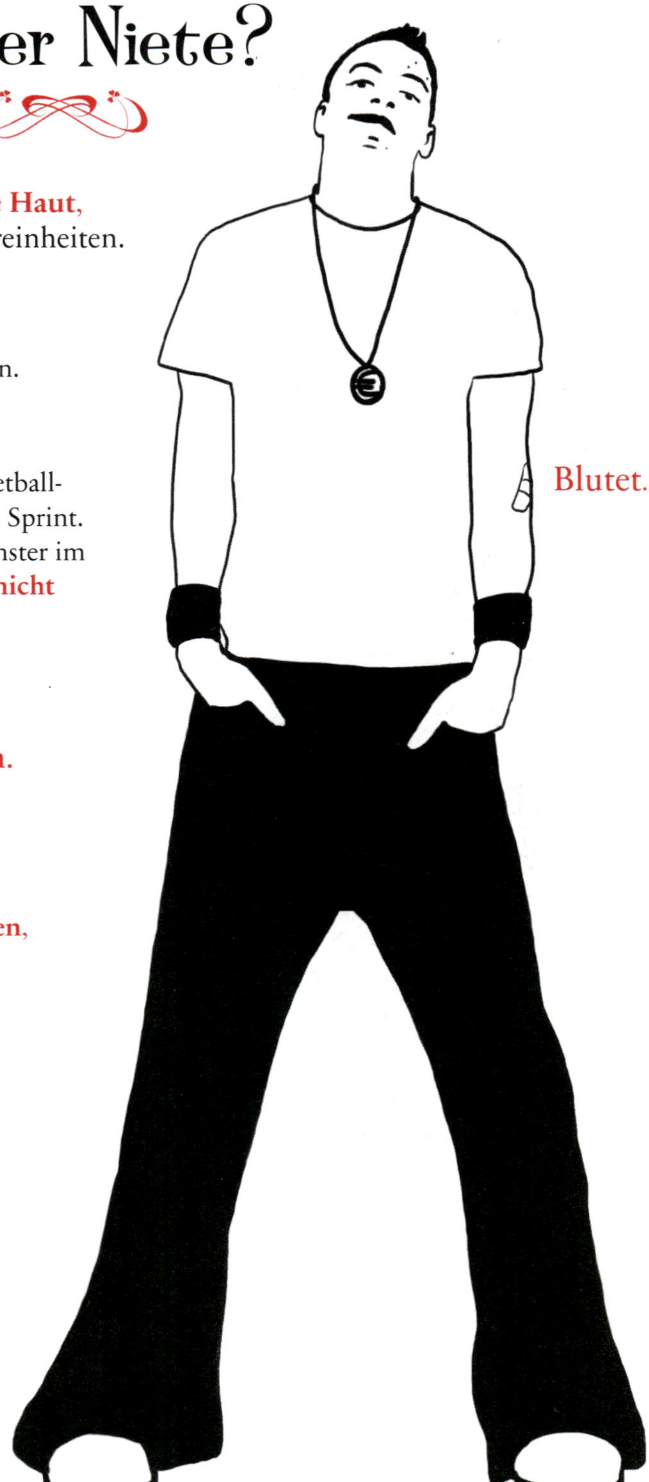

Käsebleiche Haut,
neigt zu Unreinheiten.

Dämliches Menschengrinsen.

Er ist der Star der Football- und der Basketballmannschaft und hält den Schulrekord im Sprint. Na und? Wenn er nicht bis zu deinem Fenster im zweiten Stock hochspringen kann, ist er **nicht untot genug** für dich.

Blutet.

Kann noch **nicht** mal **fliegen.**

Ärgerlich **mittelmäßiges Hörvermögen,** deutlich unterhalb des Ultraschallbereichs. Sagt oft nur „Häh?", wenn du ihm deine Geheimnisse zuflüsterst.

Starker, süßlicher Duft …
der verdächtig an Davidoff Cool Water erinnert.

Mensch

Sein Onlineprofil deuten

Ich höre dich schon: „Ach Vlad, glaubst du wirklich, ich hätte immer persönlichen Kontakt mit meinem Schwarm? Du lebst wohl noch im 20. Jahrhundert!“ Nun werd nicht gleich frech, junge Dame – ich habe immerhin Profile bei mindestens zwölf Netzwerken. Auf die Art konnte ich so viele alte Freunde wiederfinden, Vampire, die ich seit Jahrhunderten nicht gesehen hatte! Aber zurück zu dir: Nachdem du einen potenziellen Vampir ausfindig gemacht hast, solltest du unbedingt sein Onlineprofil auf Hinweise untersuchen.

Vampirometer: niedrig

Name: Tim Becker

Status: Euphorisch – Super Surf-Wetter heute! (letzte Aktualisierung 10:43 Uhr)

Nicht gerade vielversprechend. Vampire verbringen eher weniger Zeit am Strand und stehen auch nicht früh auf, um ihr Profil zu aktualisieren.

Hobbys: Baseball, Fitnessstudio, mit meinen Freunden abhängen, einfach ein absoluter Gott sein

Ausgezeichnet! Vampire lieben Baseball.

Vampire meiden Fitnessstudios – es ist so schwierig, auf dem Crosstrainer arrogant und melancholisch zu gucken.

Schlechtes Zeichen. Vampire müssen nicht jedem erzählen, sie seien absolute Götter – sie sind es einfach.

Bücher: *Der Prozess, 1000 Rezepte mit Rindfleisch*

Menschenjungs geben oft dieses Buch an, weil sie es sowieso in der Schule lesen müssen. Frag ihn einfach, wie es ausgeht. Wenn er es weiß: Vampir, wenn nicht: Mensch. :(

Nicht so gut. Andererseits könnte es auch eine clevere Finte sein! So verschlagen sind Vampire nun mal.

Musik: Fall Out Boy, The Killers, eben alles, was mich gut draufbringt.

Vampire hassen es, gut draufzukommen!

Zitate: „Oh Mann, ist das krank.“ – Ich, ungefähr jedes Mal, wenn Patrik was erzählt.

Vampirometer: superhoch

Name: Erik von Falkenstein

Ein altmodischer Name! Könnte bedeuten, dass er in einem anderen Jahrhundert geboren ist.

Status: Durstig (letzte Aktualisierung 03:12 Uhr)

Hobbys: Klassische Musik, beobachten, wie sich das Mondlicht um drei Uhr nachts in einem gefrorenen Bergsee spiegelt, Baseball

Wundere dich nicht, wenn dein Vampir etwas ... melancholisch klingt. Die meisten Vampire sind oberschwermütig. Das ist eben ihr Ding, gewöhn dich dran.

Bücher: *Krieg und Frieden*, *Das Sein und das Nichts*, *Wie man so tut, als sei man im 20. Jahrhundert geboren*

Vampire lieben lange Bücher, weil sie jede Menge Zeit totzuschlagen haben.

So viel Zeit, dass sie sich mit richtig tiefschürfendem Zeugs beschäftigen können.

Treffer!

Musik: Debussy, Mendelssohn, Blut, das durch die linke Herzkammer rauscht

Zitate: „Wenn uns das Alter
fortrafft eines Tags,
sollst du bestehn, von Leid,
dem hier nichts gleicht,
umringt."
(Keats,
Ode auf eine griechische Urne)

Super! Vampire nörgeln andauernd darüber, dass sie sexy und unsterblich sind.

Als ich mit Philip – einem Menschen – zusammen war, hat er jeden Freitagabend bloß mit seinen Freunden rumgehangen, Halo gespielt und Sprüche aus „Jungfrau (40), männlich, sucht ...“ falsch zitiert. Wenn ich jetzt meinen Vampir zu Hause besuche, spielt er mir auf dem Klavier Lieder vor, die er nur für mich geschrieben hat. Letzte Woche habe ich Nathaniel zu diesem wunderschönen Stück inspiriert, als ich mir die Zehennägel geschnitten habe. Ich hatte ja keine Ahnung, dass er jede Nacht in dem Baum vor meinem Badezimmerfenster gesessen hat! Das ist ja sooo romantisch!

Denise, 16

Bevor ich Alaric, meinen Vampir, kennengelernt habe, war ich bloß die tollpatschige Neue ohne Selbstbewusstsein. Aber seit wir zusammen sind, stehen plötzlich alle auf mich! Nicht nur die Computernerds oder die Trottel von der Schülervertretung, sondern auch die Sportler, die smarten Jungs, die Tracker und ein ganzes Rudel Werwölfe hier aus der Gegend. Mittlerweile ist es mir schon egal, ob Alaric nur auf mein Blut aus ist – wenigstens sterbe ich beliebt!

Mandy, 15

Umgang mit Posern

Mir ist klar, dass manchmal der eine oder andere Poser mit seiner Masche durchkommt. Sie gehen so in ihrer Subkultur auf, dass man ihre menschlichen Tendenzen einfach nicht mehr wahrnimmt. Auf drei Gruppen fallen Mädchen, die den Traumvampir suchen, besonders häufig rein:

Posertyp A: Goth

Sie treiben das Posertum auf die Spitze, allerdings neigen sie zu viel zu vielen Accessoires – so viel Schmuck würde ein Vampir niemals tragen! Ihr Eifer ist bewundernswert, ihre Sterblichkeit jedoch nicht.

Posertyp B: Emo

Im 16. Jahrhundert hatten wir einen Ausdruck für solche Typen: *Weicheier*. Der große Unterschied: Vampire wissen, dass sie ewig leben, Emos tun ewig so, als müssten sie sterben. Mit wem von beiden möchtest du deine Zeit lieber verbringen?

Posertyp AB: Gamer

Um fair zu sein: Diese Gruppe hat eigentlich gar keine vampirischen Ambitionen. Es ist nur so, dass sie nie schlafen, schrecklich blutunterlaufene Augen haben und meist im Haus bleiben, weit entfernt von jeglicher Sonneneinstrahlung. Das Ergebnis ist, dass sie oft für Vampire gehalten werden, zumindest in den seltenen Fällen, wenn sie es schaffen, sich von ihrer PlayStation, Xbox oder Wii loszureißen.

Oberposer Möchtegern Häh?

Goth, Emo, Gamer oder Vampir?

Damit du dich im Dschungel dieser verwirrenden Subkulturen nicht verirrst, habe ich hier ein kleines Quiz für dich vorbereitet. Folge einfach dem Weg, der am besten zu deinem Schwarm passt, und finde heraus, welcher Szene er angehört. Ist er fasziniert von deinen Eckzähnen? Beeindruckt ihn die Menge schwarzer Klamotten in deinem Schrank? Schauen wir doch mal, ob dein Süßer wirklich so überirdisch ist, wie du denkst.

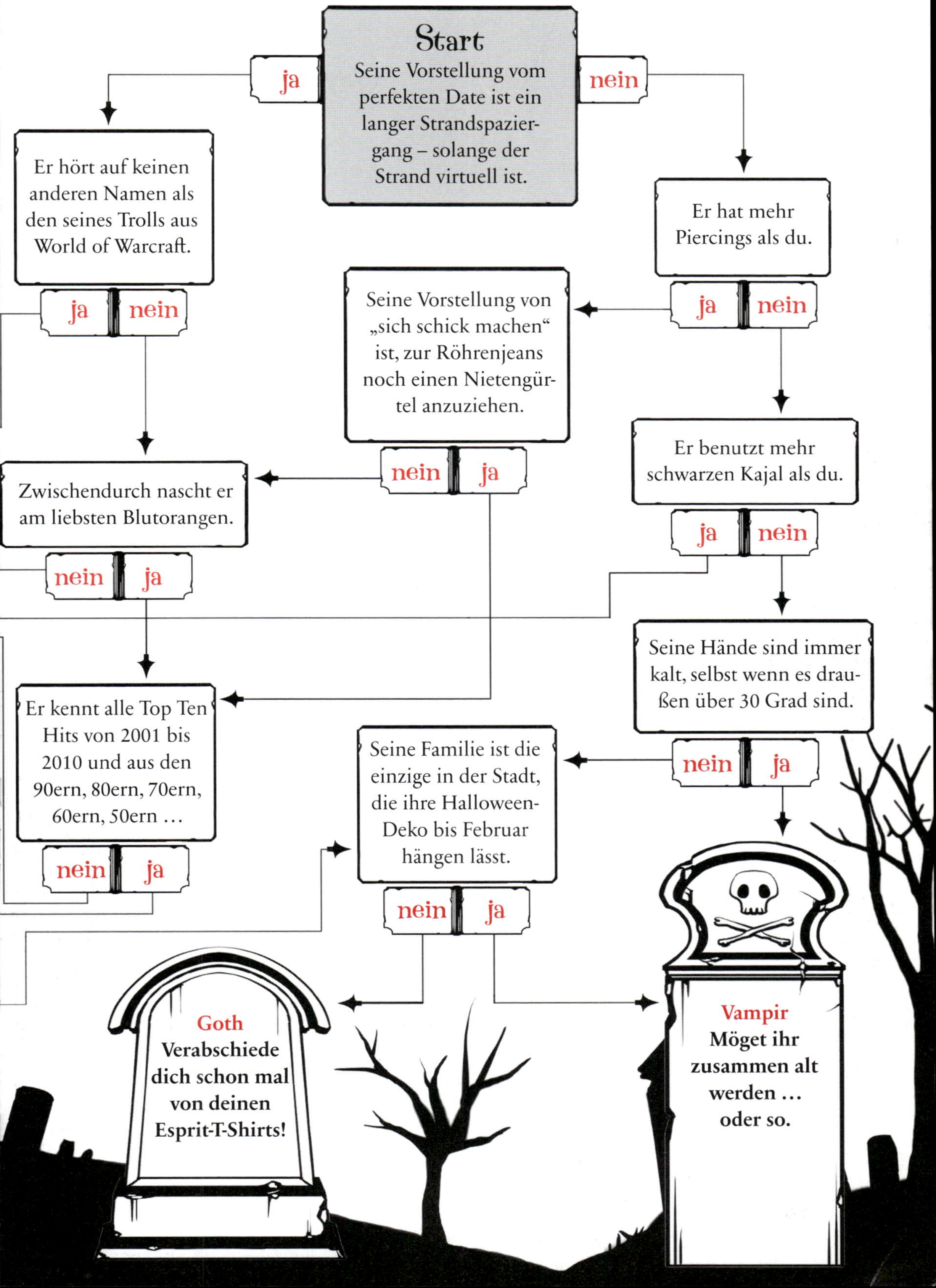
Start
Seine Vorstellung vom perfekten Date ist ein langer Strandspaziergang – solange der Strand virtuell ist.
ja
nein
Er hört auf keinen anderen Namen als den seines Trolls aus World of Warcraft.
Er hat mehr Piercings als du.
ja
nein
ja
nein
Seine Vorstellung von „sich schick machen“ ist, zur Röhrenjeans noch einen Nietengürtel anzuziehen.
nein
ja
Er benutzt mehr schwarzen Kajal als du.
ja
nein
Zwischendurch nascht er am liebsten Blutorangen.
nein
ja
Seine Hände sind immer kalt, selbst wenn es draußen über 30 Grad sind.
nein
ja
Er kennt alle Top Ten Hits von 2001 bis 2010 und aus den 90ern, 80ern, 70ern, 60ern, 50ern …
nein
ja
Seine Familie ist die einzige in der Stadt, die ihre Halloween-Deko bis Februar hängen lässt.
nein
ja
Goth
Verabschiede dich schon mal von deinen Esprit-T-Shirts!
Vampir
Möget ihr zusammen alt werden … oder so.

Ein Mensch sagt – Ein Vampir sagt

Und schließlich gibt es auch bei der Wortwahl deutliche Hinweise darauf, ob ein Junge tatsächlich ein Vampir ist oder nur gern einer wäre.

Ein Mensch sagt: Schönes Kleid!
Ein Vampir sagt: Dieses Kleid ist beinahe ebenso atemberaubend wie du, oh Geliebte. Es erweckt in mir den Wunsch, auf ewig mit dir durch die Zeit zu tanzen.

Ein Mensch sagt: Keine Ahnung – worauf hast du denn Lust?
Ein Vampir sagt: Wohin du auch gehst, ich folge dir. In welches Abenteuer du dich auch stürzen willst, ich stehe dir dabei zur Seite und trage dir auch die Einkaufstüten nach Hause.

Ein Mensch sagt: Ich habe Hunger.
Ein Vampir sagt: Ich will dich.

Ein Mensch sagt: Nun hab dich doch nicht so!
Ein Vampir sagt: Die Gewissheit, niemals mit dir zusammen sein zu können, schürt meine Leidenschaft nur umso stärker. Dich zu berühren … eine Hoffnung. Dich zu küssen … ein Traum.

Wenn du erst entschieden hast, dass das Objekt deiner Begierde ein Vampir ist (und natürlich ist er das!), musst du herausfinden, ob er auch der richtige Vampir für dich ist.

„Aber Vlad“, flennst du jetzt, „alles, was ich will, ist ein Vampir! Ihr seid doch alle solche Ausbünde an kraftvoller, distinguierter, leidenschaftlicher Männlichkeit. Jeder Vampir ist mir recht!“

Falsch! Erstens hat Ausbund keinen Plural und zweitens sind Menschenjungs selbstverständlich zum Großteil vollkommen austauschbar, Vampire jedoch mit Sicherheit nicht.

Vampir vs. Mensch

Menschliche Typen:

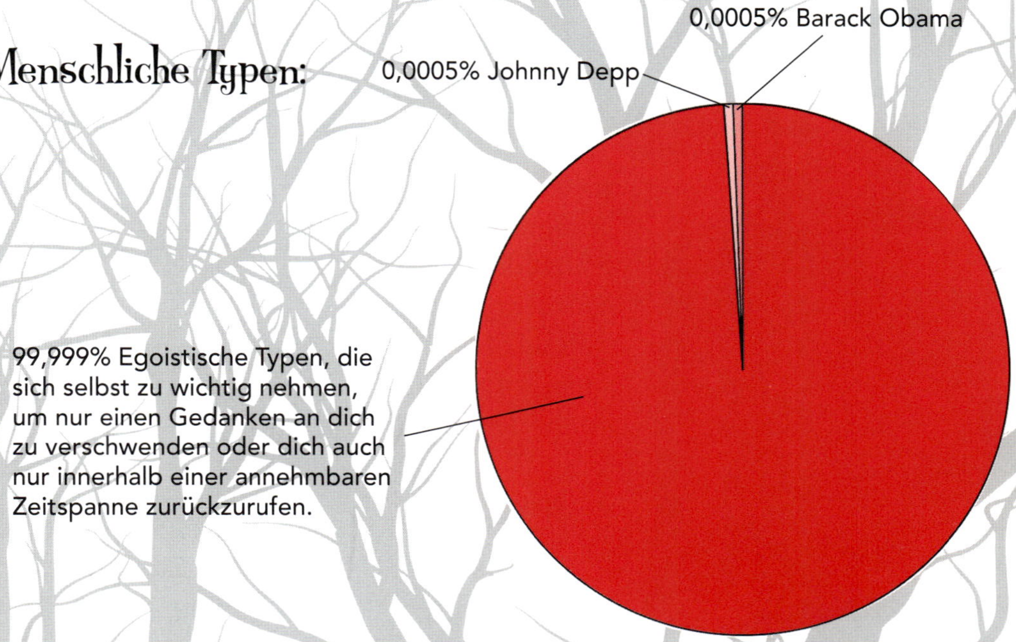

Vampir-Typen:

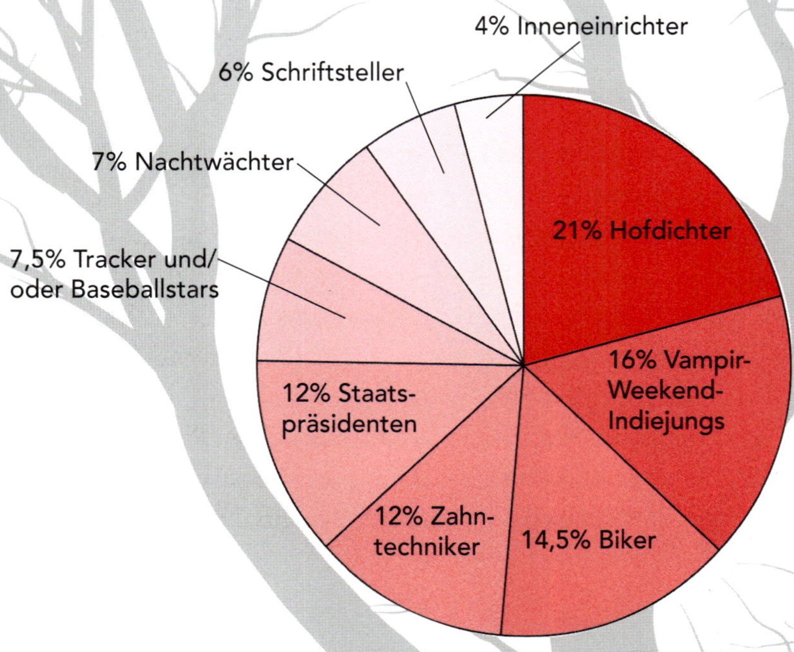

So findest du den Vampir, der zu dir passt

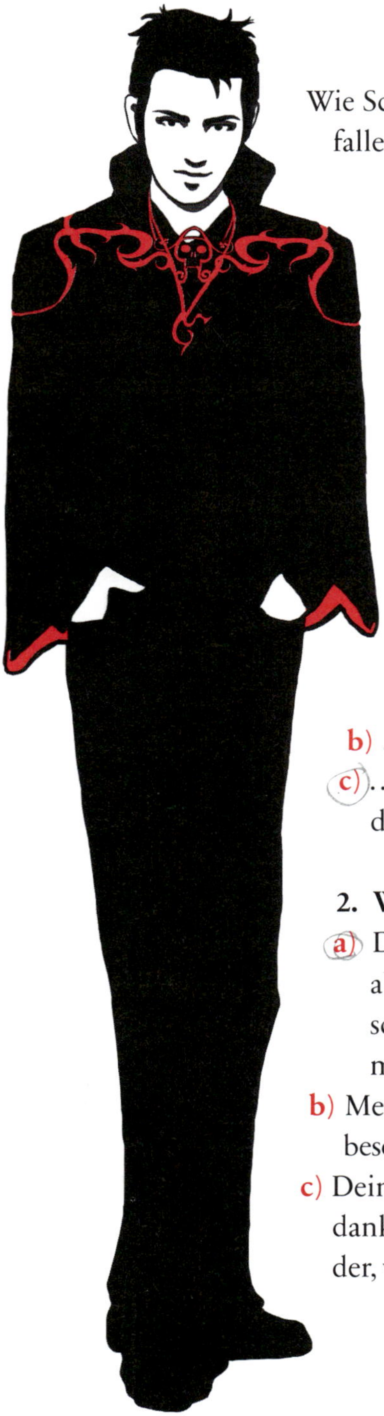

Wie Schneeflocken, die auf einen frisch ausgegrabenen Sarg fallen, gleicht kein Vampir dem anderen. Alle sind einzigartig und der Schlüssel zu einer lebendigen Beziehung (zumindest am Anfang) ist es, die Schneeflocke zu finden, die dir auf der Zunge zergeht. Gib dich nicht mit dem nächstbesten Vampir zufrieden, sondern geh auf die Suche nach dem Richtigen für dich. Mit diesem Quiz findest du heraus, welcher schwarze Prinz deine Nacht erhellt!

1. Beim ersten Date wirst du schwach, wenn er …

a) … dich davor rettet, von einem Lkw überfahren zu werden, und danach die Pläne der Mörder durchkreuzt, die dir in einer dunklen Gasse auflauern.

b) … dich in ein transsilvanisches Dorf entführt.

c) … jegliches Vorgeplänkel überspringt und dir gleich an die Kehle geht.

2. Wie kleidet er sich?

a) Du glaubst ja, er ist eher der Jeans-und-T-Shirt-Typ, aber ehrlich gesagt bist du normalerweise viel zu beschäftigt damit, sein göttliches Gesicht anzustarren, um mitzukriegen, was für Klamotten er trägt.

b) Meist trägt er Capes und maßgeschneiderte Anzüge. Zu besonderen Anlässen erscheint er auch mal als Fledermaus.

c) Dein rustikaler Naturbursche ist viel zu wild, um sich Gedanken über Kleidung zu machen. Es ist schon ein Wunder, wenn er daran denkt, sich Schuhe anzuziehen!

3. Du hast es am liebsten, wenn er dich so nennt:

a) Meine unerträglich zerbrechliche menschliche Geliebte. Verlass mich! Nein, bleib!

b) *Fleur de Mort*

c) Mittagessen

4. Langsam wird's heiß zwischen euch. Er küsst dich leidenschaftlich und …

a) … stößt dich in einer Aufwallung übermenschlicher Selbstbeherrschung fort. Der Duft deines Blutes ist einfach zu verführerisch!

b) … lässt seine Reißzähne über deinen Hals gleiten. Toi, toi, toi – vielleicht ist es ja an der Zeit, dass du zu seiner neuesten Vampirbraut wirst!

c) … reißt dir das Herz raus. Ist aber in Ordnung so, schließlich hast du ja immer gesagt, für die große Liebe würdest du sterben.

5. Er reist am liebsten …

a) … in exotischen ausländischen Autos, vorzugsweise, wenn sie teuer sind.

b) … als Fledermaus.

c) … zu Fuß. Er rennt im Wahnsinnstempo durch die Wälder.

6. Fünf Sinne allein sind ja so was von out. Dein idealer Untoter kann außerdem …

a) … Gedanken lesen.

b) … fliegen.

c) … so genau bestimmen, wo du gerade bist, dass es fast unheimlich ist.

7. Für die Zukunft mit dir plant er …

a) … dass du alt und faltig wirst, während er dein scharfes junges Ding bleibt.

b) … die Ewigkeit! Du trittst mit ihm in den unheiligen Stand der Ehe … genau wie seine zwölf anderen untoten Bräute.

c) Komischerweise sagt er immer, du hättest gar keine Zukunft.

Auswertung

Du hast vor allem a angekreuzt:

Da hast du dir einen Edward ausgesucht! Er bringt deinen Puls zum Rasen, treibt dich aber mit seinem Emogetue in die Raserei. Er stößt dich weg, aber sein sehnsuchtsvoller Blick zieht dich immer wieder zu ihm zurück. Dann verlässt er dich zu deinem eigenen Besten – und kommt genau in dem Moment zurück, wenn du über ihn hinweg bist. Ja, es ist anstrengend, aber gib's zu: Du stehst doch drauf!

Du hast vor allem b angekreuzt:

Und der Kandidat in Sarg B ist … Vlad der Pfähler! Er entstammt einem uralten transsilvanischen Adelsgeschlecht – ein echter Prinz der Finsternis also. Dieser Typ Vampir ist wahnsinnig stolz auf seine Herkunft, deshalb ist er ein Traditionalist, vom seidengefütterten Umhang bis zum seidengefütterten Sarg. Bei ihm solltest du die unerreichbare Schöne spielen. Stell dich im dünnen Kleidchen auf den nächstbesten mondbeschienenen Balkon und wetten, er stürzt sich auf dich?

Du hast vor allem c angekreuzt:

Sieht aus, als ob du auf Bad Boys wie James stehst. So ein James ist ein rauer Bursche und zu allen Schandtaten bereit, die Art Mann, die ein Motorrad hätte – wenn er nicht schon zu Fuß schneller wäre. Er ist zwar weder sehr charmant, noch sieht er richtig gut aus, aber wenn du einmal sein Interesse geweckt hast, verfolgt er dich bis ans Ende der Welt. Bleib bloß cool oder der Kerl zerfetzt dir das Herz … wenn du ihn lässt!

Die zehn besten Orte, um einen Vampir kennenzulernen

Um den Untoten deiner Träume zu finden, solltest du die folgenden zehn Vampir-Hotspots mal genauer unter die Lupe nehmen. Wenn du dort keinen Erfolg hast, kannst du natürlich – so besagt es zumindest die Legende – noch immer einen unberührten Jungen nackt und ohne Sattel auf einen ebenfalls jungfräulichen Hengst setzen und über den Friedhof reiten lassen, bis das Pferd auf ein Grab tritt und nicht mehr weitergehen will. Was allerdings die Frage aufwirft: Woher sollst du bloß das Pferd nehmen?

1. Beim Blutspenden

Du gibst, er nimmt. Vielleicht fühlst du dich ein bisschen schwummrig nach der Blutabnahme, aber verglichen mit seinen Gefühlen ist das gar nichts. Und den Keks hinterher, um deinen Blutzucker zu stabilisieren, brauchst du gar nicht – *er* ist schon süß genug.

2. In der Kirche

Nein, nicht während des Gottesdienstes. Du dachtest doch nicht im Ernst, dass dein Vampir regelmäßig zur Messe geht, oder? Du musst spätnachts wiederkommen. Sehr spät. Wenn niemand sonst dort ist. Und das Mondlicht durch die Kirchenfenster strömt. Und die Kerzen auf dem Altar im Wind flackern. Vampire können dieser Szenerie einfach nicht widerstehen. Denk bloß dran, das Kreuz da zu lassen wo es ist und ihm damit nicht etwa vor dem Gesicht herumzufuchteln.

3. In der **Schulcafeteria**

Vampire tendieren dazu, sich in der Mittagspause zusammenzurotten. Daher ist die Cafeteria einer der besten Orte in der Schule, um sie ausfindig zu machen. Woran du merkst, dass eine Clique nur aus Untoten besteht? Sie essen nicht viel. Sie starren einander finster an. Wenn ein Sterblicher versucht, sich an ihren Tisch zu setzen, fauchen sie nur bedrohlich. Und natürlich sehen sie immer müde aus und sitzen so weit weg von den Fenstern wie möglich.

4. An der **Tankstelle**

Eine Tankstelle hat die ganze Nacht geöffnet und es gibt dort alles Mögliche, das in der Gruft gerade fehlt: Zeitschriften, wenn um vier Uhr nachts nichts mehr im Fernsehen läuft, Feuerzeuge, um die erloschenen Fackeln wieder anzuzünden und und und … Verwechsle ihn nur nicht mit dem Typen, der die Nachtschicht schiebt – der sieht nämlich auch aus, als weilte er nicht mehr unter den Lebenden.

5. Im **Sportunterricht**

Der süße Typ da in den Shorts? Kein Vampir. Der süße Typ da, der von Kopf bis Fuß schwarz gekleidet ist und den Badmintonball so fest schmettert, dass er eine Delle in den Boden macht? Möglicherweise ein Vampir. Wenn du seine Aufmerksamkeit erregen willst, fall in Ohnmacht. Wenn du *wirklich* seine Aufmerksamkeit erregen willst, hechte nach dem Badmintonball und schürf dir dabei das Knie auf.

6. Im **Wald**

Das Mondlicht, das durch die windzerzausten Zweige flackert, verleiht deiner Haut einen bleichen Schimmer. Gib dich etwas einsam und verloren und er ist schneller zur Stelle als du „Blutsaugersnack“ sagen kannst.

7. An einer **Brüstung**

Idealerweise ist die Brüstung aus Stein, mit Wasserspeiern verziert und geheimnisvoll schattenverhangen. Ich empfehle dir einen Besuch bei Vollmond, am besten zwischen 11 und 3 Uhr nachts. Leider sind die meisten modernen Städte sehr schlecht mit solchen Brüstungen ausgestattet, aber Balkone, Wassertürme und sogar Feuertreppen tun's auch.

8. Auf dem Friedhof

Auch wenn es zu offensichtlich klingt, sind Friedhöfe tatsächlich immer noch ideal, um sich von einem Untoten entführen zu lassen. Wandle seufzend durch die Grüfte oder komm vom Pfad ab, um die dunkleren Ecken zu erforschen und dabei vielleicht ein bisschen Samstagnacht-Action in Gang zu bringen. Ein Tipp: Zieh einen langen Flatterrock an und stolpere beim „Wegrennen" darüber. Vampire lieben es, wenn du mit ihnen flirtest!

9. In Höhlen

Wenn du eine Höhle betrittst und dir schallen The Cure entgegen, stehen die Chancen nicht schlecht, dass du gleich einen Vampir in seinem Versteck überraschst. Achtung: Es könnte sein, dass du überall dunkle Schatten siehst. Vielleicht ist das aber auch nur seine Wäsche, die er zum Trocknen aufgehängt hat. Wart's ab, vielleicht wird die Stimmung dort ja so „Hot Hot Hot!!!", dass ihr noch zu *Lovecats* (oder -bats?) werdet.

10. In der Buchhandlung

Wenn du das hier gerade in der Buchhandlung liest (anstatt das Buch zu kaufen – du solltest dich was schämen!), kann es gut sein, dass gleich um die Ecke ein Vampir steht und schmökert. Oft erwischt man sie dabei, wie sie Romane wie *Dracula* und *Bis(s) zum Morgengrauen* umsortieren: von der Belletristikabteilung zu den Biografien.

Ich habe Albert spätnachts im 24-Stunden-Supermarkt kennengelernt. Er stand vor dem Zahnpflegeregal. Als ich nach meinen Blend-A-Med-Whitestrips griff, sah ich ihn: Er stand mitten auf dem Gang und probierte verschiedene Zahnseiden aus! Als er bemerkte, wie ich seine Reißzähne anstarrte, kam er zu mir herüber und sagte: „Na wie geht's denn so?" Wäre er nicht so süß gewesen, hätte ich ihn wohl tierisch abblitzen lassen … Aber ich stehe total auf Jungs mit gepflegten Zähnen.

Sara, 16

Dass du den richtigen Vampir gefunden hast, bedeutet noch lange nicht, dass er schon dir gehört (oder besser, dass du ihm den Eindruck vermittelst, er wäre derjenige, der entschieden hat, dass du ihm gehörst). Bevor wir darüber sprechen, wie du ihn dauerhaft bindest, müssen wir noch den anderen Teil der Gleichung näher betrachten: dich.

Nachricht von Fiffi, der Vampirjägerin

Versteh mich nicht falsch, ich weiß schon, was du an ihm findest. Im einen Moment jagst du deinen großen, blassen, unbestreitbar attraktiven Vampir noch durch eine dunkle Gasse, den Pflock in der Hand, und gehst nur deiner Arbeit als Vampirjägerin nach. Und im nächsten endet euer Date damit, dass ihr völlig aus der Puste ins Haus stürzt, damit der Sonnenaufgang deinen Schatz nicht in Flammen aufgehen lässt. Jaja, eine neue Liebe kann einem wirklich den Atem rauben.

Aber irgendwann sind die Fledermäuse im Bauch verschwunden und du musst dich entscheiden, ob du lieber zu einem romantischen Mitternachtspicknick auf dem Friedhof gehst oder doch deinen Job erledigst (und dabei eventuell seine halbe Verwandtschaft gleich mit!). Ich meine, es ist doch schon schwer genug, die Welt zu retten, ohne sich sorgen zu müssen, ob der Typ, den man gerade gepfählt hat, nicht sein Onkel Vitus war! Ich sag's dir, meine Liebe, das ist viel zu viel Stress. Findest du ihn wirklich so toll?

Entsprichst du seinem optimalen (Blut-)Bild?

Vielleicht hat dich deine Mutter ja immer gewarnt, dass Vampire nur auf das eine aus sind: Blut, Blut und nochmals Blut. Das ist im besten Falle eine grobe Vereinfachung, wenn nicht sogar regelrechte Verleumdung! Wir Vampire sind komplexe Wesen mit komplexen Bedürfnissen. Wenn wir uns mit jedem Mädchen einließen, das des Weges kommt, gäbe es weit weniger Singles unter uns – und noch weniger Lebende unter diesen Mädchen.

Was Vampire an Mädchen mögen

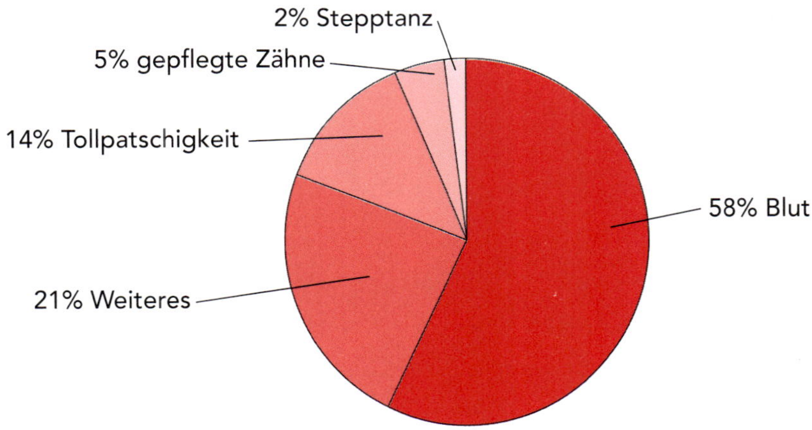

Also, ich persönlich empfinde den Ausdruck *Vampirköder* zwar als Beleidigung, aber ein Körnchen Wahrheit liegt doch darin: Du solltest dich für deinen untoten Romeo schon einigermaßen präsentabel herrichten. Und nein, mit „präsentabel“ meine ich nicht etwa, dass du ganz in Schwarz herumlaufen und dich mit einer Nadel in den Finger stechen sollst.

Ich habe einigen meiner attraktiveren Vampirfreunde die uralte Frage gestellt „Was ist dir bei Mädchen wichtig?“ und ihre Antworten in diesem Kapitel aufgeführt. Außerdem liefere ich dir alle nötigen Informationen, die du brauchst, damit sich dein Vampir von dir angezogen fühlt wie die Motte von der Kerzenflamme – natürlich ohne die anschließende Pyroshow. Was würdest du nur ohne mich tun?

Ich mag es, wenn sie ein nettes Lächeln hat, außerdem eine tolle Persönlichkeit und Blutgruppe 0.

Simon, 902

Ich mag Mädchen, die mich nicht gleich beim ersten Date anbetteln, sie zum Vampir zu machen. Ich meine, hey, wozu die Eile? Ich will dich erst mal kennenlernen!

Nikolaj, 112

Ich finde es toll, wenn ein Mädchen zwar ziemlich klug wirkt, es aber trotzdem schafft, ihr Leben mindestens zweimal am Tag in Gefahr zu bringen, sodass sie total davon abhängig ist, dass ich sie rette. Wenn sie hübsch ist, bin ich für jede Rettung zu haben.

Rupert, 73

Bist du wirklich das Mädchen, in das er seine Reißzähne schlagen will?

Seine ebenholzschwarze Kleidung verursacht dir Gänsehaut, seine Alabasterhaut findest du unwiderstehlich, aber woher weißt du, ob er nachts über dich wacht oder lieber den Abflug macht? Mit diesem Test findest du es heraus.

1. Es ist Sommer, die Sonne scheint. Wo bist du?

a) Am Strand und schmierst dich mit Sonnenöl ein.
b) Du schlurfst trübsinnig durch einen Indieplattenladen.
c) Du schläfst mit heruntergezogenen Jalousien bis Sonnenuntergang.

2. Was würdest du für ein romantisches Essen zu zweit kochen?

a) Steak Tartare
b) Linguine mit Olivenöl und Knoblauch
c) Vegane Sandwiches mit Soja-Käseersatz

3. Wenn er dir Blumen schickt, hättest du am liebsten einen Strauß …

a) … Sonnenblumen
b) … getrocknete Mondblumen
c) Blumen sind doch so unoriginell. Wie wäre es mit einem Trauerweidenzweig?

4. Zu welcher Tageszeit bist du am aktivsten?

a) „Aktiv“ sein ist generell nicht unbedingt mein Ding.
b) Bei Sonnenaufgang. Sobald es hell ist, bin ich richtig gut drauf.
c) Um Mitternacht

5. **Wenn du Blut siehst …**
   a) … macht dir das nichts aus. Ist doch nur Blut! Und außerdem muss doch jeder mal sterben.
   b) … kriegst du einen Adrenalinschock und fällst in Ohnmacht.
   c) … musst du kotzen.

6. **Wenn er in deinen Kleiderschrank guckt, findet er vor allem …**
   a) … Poloshirts in jeder nur erdenklichen Pastellfarbe.
   b) … Röhrenjeans.
   c) … Vintagekorsetts aus dem 18. Jahrhundert.

7. **In welchem Sport ist dein Traumtyp am besten?**
   a) Das gemeine Volk vom Bergfried aus mit Steinen zu bewerfen
   b) Fußball
   c) Skateboardfahren

8. **Deine größte Angst?**
   a) Nicht verstanden zu werden
   b) Die Dunkelheit
   c) Sonnenbänke

9. **Du kommst nachts an einem Friedhof vorbei. Was machst du?**
   a) Einen Moment stehen bleiben. Ich fühle mich wie zu Hause.
   b) Die Luft anhalten und so schnell wie möglich weitergehen.
   c) Einen Song über den wunderschönen Schmerz des Todes schreiben.

10. **Dein Traumurlaub?**
   a) Segeln auf den Bahamas
   b) In San Francisco fair gehandelten Kaffee trinken
   c) Höhlen erforschen in Rumänien

1	**a** = 1	**b** = 2	**c** = 3
2	**a** = 3	**b** = 2	**c** = 1
3	**a** = 1	**b** = 3	**c** = 2
4	**a** =2	**b** = 1	**c** = 3
5	**a** = 2	**b** = 3	**c** = 1
6	**a** = 1	**b** = 2	**c** = 3
7	**a** = 3	**b** = 2	**c** = 1
8	**a** = 2	**b** = 1	**c** = 3
9	**a** = 3	**b** = 1	**c** = 2
10	**a** = 1	**b** = 2	**c** = 3

Auflösung

10 bis 16 Punkte:
Du bist einfach nicht seine Blutgruppe. Du magst ihn zwar süß finden, aber eure Beziehung hat keine Chance. Mit einem Menschen bist du viel besser dran. Ihr habt einfach nicht genug gemeinsam, um es mehrere Leben lang miteinander auszuhalten.

17 bis 23 Punkte:
Bei einem Emo hättest du mehr Glück. Er ist dem Vampir täuschend ähnlich – aber er ist nicht untot, sondern nur schlecht drauf. Eine milchgesichtige Maid wie dich finden Vampire zwar attraktiv, aber du wirst es nicht schaffen, ihr Interesse für laaaange Zeit zu fesseln.

24 bis 30 Punkte:
Du bringst sein Blut in Wallung! (Okay, natürlich nicht im wörtlichen Sinne, aber du weißt schon, was ich meine.) Du bist wie ein zartes Törtchen mit blutrotem Zuckerguss, das er einfach kosten muss. Für eure Zukunft prophezeie ich euch unendlich viele Spaziergänge über den monderhellten Friedhof!

Aber egal, wie zerbrechlich, süß, hübsch und verdreht du auch sein magst (oder auch nicht), dein Vampirschwarm steht erst dann auf dich, wenn du einen wichtigen Vorzug hast: gutes Blut. Ich weiß, was du jetzt denkst: Warte mal, Vlad, hast du nicht vor ein paar Seiten noch gesagt, dass Vampire viel mehr an einem Mädchen interessiert als nur ihr Blut? Stimmt. Trotzdem können wir das Blut als wichtigen Faktor im Entscheidungsprozess eines Vampirs nicht außer Acht lassen, du Naivchen. Es gibt schließlich einen Grund, warum er mit *dir* zusammen sein will, und nicht etwa, na ja, sagen wir mit einem Baum.

Sieh es doch einfach mal so: Jeder hat bestimmte Vorlieben. Manche Männer stehen nur auf Blondinen. Andere finden Piercings oder Klarinettistinnen toll. Und auch Vampire haben so ihre Präferenzen, besonders, was die Blutgruppe angeht. Bevor du dich also an deinen Vampir heranwagst, musst du wissen, ob du auch sein Typ bist. Nein, du musst ihm keinen Probeschluck von deinem Blut anbieten. Allein der Geruch kann schon ausreichen, um ihn verrückt zu machen. Aber du musst dafür sorgen, dass er sich wünscht, einen Schluck zu kosten.

Mädchen mit blauschwarzem Haar sind besonders unwiderstehlich. Wenn man die Finger hindurchgleiten lässt, kann man sich nämlich vorstellen, es wären lauter Adern.

Andrej, 430

Ich wünsche mir eine Freundin, die über meine Witze lacht, auch wenn es seit sechshundert Jahren dieselben sind.

Ignatio, 803

Ich finde es wichtig, dass ein Mädchen den Sargdeckel nicht hochgeklappt lässt.

Damian, 194

Ich mag hübsche Mädchen mit langen braunen Haaren, die gern stundenlang mitten im Wald sitzen und vor sich hingrübeln. Das macht mich so was von an. Ich meine, die sind so ruhig, dass sie beinahe wie Rehe sind – regelrechtes Freiwild!

Wolfgang, 102

Selbstbewusstsein ist total wichtig! Es gibt so viele Mädchen, die so unsicher sind, dass sie andauernd in den Spiegel gucken müssen. Also wirklich, mir macht es ja auch nichts aus, dass ich mich selbst nicht mehr im Spiegel sehen kann. Was soll ich dann mit einem Mädchen, das nichts anderes im Kopf hat als sein Spiegelbild?

Bartholomäus, 173

Blutgruppenverkostung

Blutgruppe A

Geschmack: vollmundig, holziger Geschmack mit Zimtakzenten
Wirkt besonders anziehend auf: aktive, natürliche Vampire, die gern wandern gehen (selbstredend nur, wenn es bewölkt ist).
Wo du ihn findest: Halte nach dem blassen Typen in der Fleecejacke Ausschau. Wetten, er kommt gleich zu dir herübergewandert?

Blutgruppe B

Geschmack: zart und lang anhaltend mit Vanille- und Jasminnoten. Ein hoher Glukosespiegel verstärkt den Geschmack noch. Also denk dran, vorher etwas Schokolade zu naschen.
Wirkt besonders anziehend auf: introvertierte, künstlerisch veranlagte Vampire.
Wo du ihn findest: Im Kunstunterricht starrt er dich durchdringend an – ganz gefangen von deinen seelenvollen Augen und deiner pulsierenden Halsschlagader.

Blutgruppe 0

Geschmack: kräftig-animalisch mit vollem Abgang. Besonders gut in Kombination mit Adrenalin, also nichts wie rauf aufs Laufband!
Wirkt besonders anziehend auf: unternehmungslustige, extrovertierte Vampire, die gern Sport treiben und bevorzugt im offenen Jeep durch die Gegend fahren.
Wo du ihn findest: Er ist der Typ, der auf der Rückbank des offenen Jeeps steht, in dem seine Vampirgang auf den Schulparkplatz rollt.

Blutgruppe AB positiv

Geschmack: scharf und säurebetont mit Untertönen von Lakritz. AB-positiv-Fans schwören auf eine etwas niedrigere Trinktemperatur, also lass den Pulli im Auto liegen und üb lieber den sexy Schauder – so erzielst du die besten Ergebnisse!
Wirkt besonders anziehend auf: die rebellischen Bad Boys unter den Vampiren.
Wo du ihn findest: Bei einem Motorradtrip quer durch Rumänien. Fang also schon mal an, auf die Harley zu sparen.

Blutgruppe AB negativ

Geschmack: komplex, aber weich, mit Honignoten und überraschend blumigem Abgang
Wirkt besonders anziehend auf: melancholische, grüblerische Vampire.
Wo du ihn findest: Auf dem Friedhof, träge an einen moosbewachsenen Grabstein gelehnt und ganz in einen Lyrikband vertieft. Um dir einen dieser überaus begehrten, aber leider schwer fassbaren Vampire unter den (Sarg-)Nagel zu reißen, solltest du dich dramatisch über den nächstbesten Grabstein drapieren und klagende Seufzer ausstoßen. Dann ist er schon bald Wachs in deinen lebensüberdrüssigen, leidenden Händen.

So lockst
du ihn hinter
dem
Grabstein hervor

Nachdem wir nun festgestellt haben, dass das Schicksal euch offensichtlich füreinander auserkoren hat, bleibt nur noch das nicht ganz unerhebliche Unterfangen, den Kontakt zu ihm herzustellen. Im Laufe der Jahrhunderte hat sich das Vorurteil gebildet, Vampire gäben sich gern unerreichbar, aber – mal ganz im Ernst – das hat doch nichts mit *geben* zu tun. Wir *sind* unerreichbar. Aber kein Grund zu verzagen! Wenn du den richtigen Worten die entsprechenden Taten folgen lässt, sollte es dir ohne Probleme gelingen, deinem Traumtyp ein bisschen auf den Zahn zu fühlen.

Ein süßer Vampir für dich allein

Lass mich raten: Du bist jetzt schon nervös. Du denkst: Vielleicht sollte ich lieber doch nichts sagen. Vielleicht ist es besser, ihn aus der Ferne zu lieben. Und irgendwo in einer düsteren Ecke sitzt bestimmt ein Grüppchen von einsamen Dichtern, die dich zu dieser Entscheidung beglückwünschen würden. Aber du verdienst mehr als das! Dein Blut wird nicht eher aufhören zu kochen, bis du ihn angesprochen hast, und der Rest der Welt wird dich vollkommen kaltlassen, bis er endlich dein ist. Tu nur nicht so, als hättest du eine Wahl. Du hast ihn gefunden und nun sorg gefälligst auch dafür, dass ihr miteinander glücklich werdet, bis ans Ende eurer Tage – oder zumindest deiner.

Zum Glück für euch sterbliche Mädchen nimmt ein Vampir viel mehr wahr als bloß Worte und Taten. Im Gegensatz zu menschlichen Jungs, die sich bekanntlich nur auf jeweils einen ihrer Sinne konzentrieren können (so wie sie sich außerdem nur auf jeweils ein anatomisches Merkmal konzentrieren können – oder auch zwei), sieht ein Vampir das komplette Paket. Oft ist es genau diese Kombination verschiedener Sinnesbotschaften, die die Waagschale von Desinteresse zu Liebe senkt. Lies im Folgenden ein paar nützliche Tipps dazu, wie du deinem Vampir ganz sicher ins Auge fällst – oder besser, in die Nase steigst.

Gerüche, die einen Vampir verrückt machen

Wenn du Appetit auf einen leckeren Burger hast, dann bedeckst du ihn nicht mit Rosen, oder? Und genau das solltest du auch in Bezug auf dich selbst beherzigen: Parfüm stört nur. Dies sind die Düfte, bei denen einem Vampir die Sinne schwinden!

Angst

Leicht scharf, leicht säuerlich – der Duft deiner Ängste wird deinen Vampir in null Komma nichts um den Verstand bringen. Sieh dir so viele Gruselfilme wie möglich an oder lass deinen kleinen Bruder hinter dem Sofa hervorspringen, wenn du nicht damit rechnest. Denk nur immer daran, dir die Haare aufzustecken, damit der Duft der Angst an deinem Hals nicht vom Duft deines Shampoos verfälscht wird.

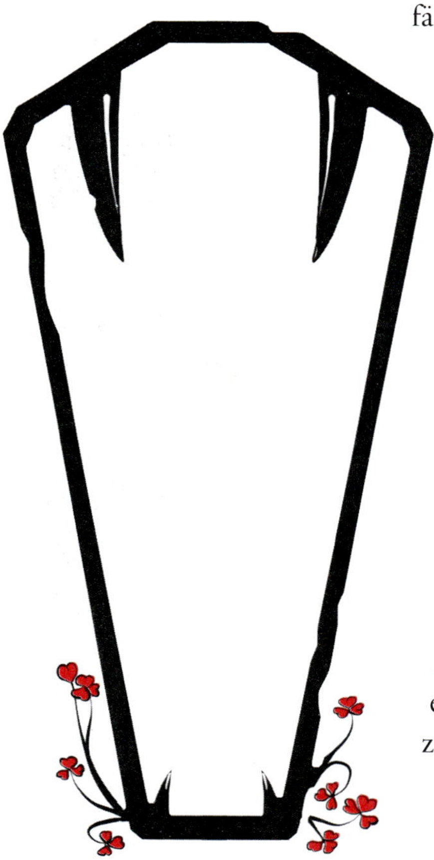

Verzweiflung

Dieser Duft ist etwas komplizierter. Du möchtest schließlich wie ein Mädchen wirken, das sich verzweifelt an sein zerbrechliches menschliches Leben klammert, und nicht wie eines, das verzweifelt auf der Suche nach einem Vampirlover ist. Versuch zu denken *Ich werde sterben, Ich werde sterben* und nicht *Ich werde als Single sterben, Ich werde als Single sterben.* Das sollte den entscheidenden Unterschied ausmachen.

Adrenalin

Bist du schon mal im Dunkeln durch den Wald gerannt oder nachts in panischer Angst durch euer Haus gestolpert? Schlägt dein Herz dir bis zum Hals und spürst du dieses unheilvolle Ziehen in der Magengegend? Dann schießt gerade Adrenalin durch deine hektisch pulsierenden Adern – mit seinem verführerisch zinkartigen Aroma. Zeit für eine wilde Knutscherei!

Begehren

Süß, mit einer zart modrigen Note. Der Duft deines Begehrens wird seine Sinne benebeln. Denn wer wird schließlich nicht gerne geliebt? Wenn du ihm den Rest geben willst, versuch es mal mit einer zusätzlichen Prise Hoffnungslosigkeit. Vampire berichten, dass dieser Duft noch komplexer und aufs Äußerste befriedigend sei.

Blut

Bereit für die Königsdisziplin? Dann stich dir in den Finger und tupf dir ein bisschen Blut hinter die Ohren, dann an die Handgelenke, und – besonders wichtig! – in die Halsbeuge. Dieser Trick ist mit Vorsicht zu genießen, denn manche Vampire bringt er derart um den Verstand, dass sie dich tatsächlich töten. Aber kein Grund zur Schwarzmalerei: In der Hälfte der Fälle klappt es immerhin!

Tipps für zeitlose Schönheit

Ich selbst bin nicht einmal in der Lage, eine Wimpernzange von einem Folterinstrument zu unterscheiden. Ganz im Gegensatz zu meiner einstigen Kollegin, Margareta Durstičz, die sich schon in der Glamour-Szene bewegt, seit Elisabeth I. angefangen hat, Make-up zu tragen. Hier ein paar ihrer weisen Worte, die du dir zu Herzen nehmen solltest:

Als Erstes nimmst du die *InStyle* und wirfst sie aus dem Fenster. (Dabei solltest du natürlich darauf achten, nicht den Vampir zu treffen, der draußen im Baum hockt.) Solche Hochglanzmagazine sind Kinderkram. Du spielst jetzt in einer anderen Liga.

Make-up

Weniger ist mehr. Wenn du dir nicht sicher bist, stell dir die Frage: Wenn ich auf einer einsamen Insel stranden würde, welche drei Kosmetikartikel wären dann überlebenswichtig für mich?

Sonnenschutz, LSF 100 oder höher … Wenn dich dieser Tipp auch nur ansatzweise in Erstaunen versetzt, gib das Buch bitte an jemanden weiter, der wirklich was damit anfangen kann.
Die Alternative wäre, dich die nächsten drei Monate zum Entbräunen im Haus zu verkriechen. Für deinen Vampir mag das vielleicht keine Ewigkeit sein, dir könnte es aber durchaus so vorkommen.

Foundation, wenn möglich in der Nuance Mondschein. … Alle anderen Weißtöne bringen es einfach nicht.
Du musst bleich, bleich und noch mal bleich aussehen mit einem dezenten Schimmer von Morgentau. Muss ich wirklich noch mehr sagen?

Scharlachroter Lippenstift … und nicht dieser glänzende Glitzergloss-kram! Ich spreche hier von jener dicken, matten Textur, mit der du deinem Vampir Liebesbotschaften auf dem Badezimmerspiegel hinterlassen kannst – na ja, rein theoretisch natürlich.

Mode

Du besitzt Karopullis? Polyester? H&M-Teile? Damit ist jetzt Schluss! Ab in die Altkleidersammlung damit. Oder noch besser: Schenk sie einer Freundin, die niemals die Klasse einer Vampirgeliebten haben wird (ganz im Gegensatz zu dir natürlich!). Dasselbe gilt für ausgelatschte Stiefel, hautenge Pullöverchen und oversized T-Shirts. Nichts drückt so gut den ultimativen Vampir-Chic aus wie diese zeitlosen Klassiker:

Victorianische Korsetts. Je tiefer der Ausschnitt und je mehr Schnüre, die es aufzufriemeln gilt, desto besser! Zu kalt, meinst du? Denk dran, Gänsehaut ist hot, hot, *hot*!

Push-up-BH. Wenn du von Natur aus gut ausgestattet bist, herzlichen Glückwunsch. Wenn nicht, fang schon mal an zu sparen! Es geht eben nichts über ein verführerisches Dekolleté, das seine Aufmerksamkeit auf deinen Hals lenkt.

Nichts ist so verrucht wie die guten alten, vielseitigen **Vintage-Schnürstiefel.** *Oh, là, là!* Für eine Flucht durch dunkle Wälder sind die natürlich mehr als unpraktisch, aber bevor du diese *Must-haves* direkt wieder von deiner Liste streichst: Denk daran, Verletzlichkeit steht ganz oben auf der Liste der Dinge, die dir in Fleisch und (besonders wichtig) Blut übergehen sollten.

Tja, und wenn das alles nichts für dich ist, bitte (bitte, bitte!) trag wenigstens **kein Blassrosa,** Blassblau, Blassgelb, Blasslila … na ja, alles, was blass ist eben. Nichts sagt so deutlich „Ich bin durchsichtig" wie dunkle Farben! Schwarz ist das neue Schwarz! Und ich sollte gar nicht erst erwähnen müssen, dass du bitte auch die Finger von Mustern (Blümchen, Streifen usw.) lässt. Du willst doch nicht, dass Polka Dots seinen Blick von deinem wohlverschnürten, lebendigen, heißblütigen Körper ablenken!

Konversation

Nun, da du den Duft und das entsprechende Aussehen haben dürftest: Schnapp dir deinen Vampir! Die gute Nachricht: Du brauchst noch nicht einmal einen Holzpflock, um ihn mitten ins Herz zu treffen. Aber du musst den ersten Schritt wagen.

Wer, *ich?*, fragst du entsetzt.

Ja, du!

Vampire machen keine ersten Schritte. Es sei denn, wir sind hungrig, dann schon. Nicht aber, wenn wir ein Date mit dir wollen. Das liegt einfach nicht in unserer Natur.

Sprich ihn einfach mal an. Manchmal bedarf es nur der richtigen Floskel, um sein kaltes Herz für dich zu erwärmen.

Geeignete Floskeln

- Entschuldige, weißt du vielleicht den Weg zum nächsten Friedhof? Ich bin gerade in deinen Armen gestorben.
- Ich hab mich unsterblich in dich verliebt!
- Hast du einen Kelch dabei? Ich hab mir das Knie aufgeschürft, als ich dir verfallen bin.
- Lass mich der Nagel zu deinem Sarg sein!
- Ist das Beethovens Trauermarsch, den ich da höre, oder etwa nur das heiße Blut, das durch meine zarten Adern rauscht?

Ungeeignete Floskeln

- Du bist der Knoblauch auf meiner Pizza.
- Als ich dich zum ersten Mal gesehen habe, war es, als würde die Sonne aufgehen!
- Du bist mal echt ein steiler Zahn!
- Ohne dich bin ich kreuzunglücklich!
- Wenn ich in den Spiegel blicke, sehe ich nur dich.

Ich mag es, wenn ein Mädchen den ersten Schritt macht. Ist ja auch so schon hart genug, sich mit einer Sterblichen zu treffen. Meine Vampirkumpels haben mich ununterbrochen damit aufgezogen. Darum ist es gut, keine Angst haben zu müssen, dass man einen Korb kriegt. Und außerdem ist es schön, so leicht an Blut heranzukommen. Falls man mal länger nichts zu beißen hat …

Simon, 902

Nichts ist so sexy wie ein schwer atmendes Mädchen. Mal ehrlich, wenn es bei jedem Atemzug so klingt, als läge da ein Grabstein auf ihrer Brust – wow, echt heiß. Nicht schlecht ist auch, wenn der Blutgeruch so intensiv ist, dass ich es fast auf der Zunge spüren kann … mmmh.

Nikolaj, 112

Den größten Kick gibt es mir, wenn ich sie retten kann – also fast. Wie wenn das Messer durch die Luft fliegt und ich es zur Seite schlagen kann, es aber trotzdem ein Stückchen von ihrem Ohr abschnippelt, sodass dann überall Blut ist. Oder sie ist an die Bahngleise gefesselt und ich eile ihr zu Hilfe und binde sie los, bis auf dass (ups) ihr eines Bein noch festhängt. Klar, ich will sie lebendig. Aber wenn das Blut spritzt, ist das noch leckerer – ich meine, schöner.

Ernesto, 182

Sicher erkennst du das wiederkehrende Element in diesen Äußerungen. Vielleicht bist du noch nie auf die Idee gekommen, dein Blut als eines deiner attraktivsten Merkmale zu sehen, aber das liegt nur daran, dass du bisher mit den falschen Typen ausgegangen bist! Und wenn ein Mann dich nicht deines Blutes wegen schätzt – immerhin ist es der Saft, der dich am Leben hält –, wie soll er dann jemals irgendetwas an dir zu schätzen wissen? Ein Vampir kennt den Wert (und ahnt den Geschmack) deines Blutes und sagt damit: „Ich liebe deine inneren Werte, die Substanz, die durch jeden einzelnen Teil von dir strömt." Er liebt dich auf zellulärer Ebene. Und er ist durstig, ja. Aber es gibt einen Grund dafür, dass er mit dir redet, anstatt dich zum Abendessen zu verspeisen. Und das, meine Teure, ist Liebe.

Trotzdem haben nicht alle Vampire nur ehrbare Absichten. Das zeigt sich, wenn du ihre Worte analysierst. Nehmen wir einmal folgende Aussage:

Ich will dein Blut trinken.

Also, das Gespräch läuft gut … Und dann, ganz plötzlich, fällt der Satz: „Ich will dein Blut trinken." Die einzige Möglichkeit, herauszufinden, ob dir die Sinne schwinden dürfen und du dich unsterblich in ihn verlieben solltest oder ob du dir doch besser einen Holzpflock schnappst und gen Sonne fliehst, ist jetzt, genauestens hinzuhören, welches Wort er betont. Hier eine Übersicht:

Ich will dein Blut trinken.

Er ist ein egoistisches Machoschwein. Alles dreht sich darum, was *er* will. Glaub nicht, dass du mit diesem anspruchsvollen Narzissten die ewige Liebe findest.

Ich will dein Blut trinken.
Muss er vielleicht immer seinen Willen haben? Der einzige Weg, um das herauszufinden, ist „Tja, und ich will dir die Zunge in den Hals stecken" zu antworten und zu warten, ob er dich küsst. Fährt er entrüstet zusammen, dann ist dieser Vampir nicht deine Kragenweite. Wenn aber seine Lippen deine berühren, bereite dich darauf vor, Knoblauch für lange, lange Zeit von deinem Speiseplan zu streichen.

Ich will dein Blut trinken.
Will er mit deinem Blut gurgeln? Nein. Will er damit Kuchen backen? Nein. Wenn er das Wort *trinken* betont, ist das ein Zeichen grenzenloser Leidenschaft. Da stellt sich nur die Frage: Gilt diese Leidenschaft dir oder doch nur deinem Blut? Wie dem auch sei, er interessiert sich für dich und das ist schon mal mehr, als man erwarten sollte.

Ich will dein Blut trinken.
O mein Gott! Er steht dermaßen auf dich und nicht nur auf dein Blut: Er steht auf dich als *Mensch*! Renn nicht gleich los und kauf dir das nächstbeste, schwarze Brautkleid, aber es könnte tatsächlich die WAHRE, GLÜCKLICHE, EWIGE, IMMERWÄHRENDE LIEBE sein!

Ich will dein Blut trinken.
Pfui. In diesem Fall ist es offensichtlich, dass der Vampir nur an deinem Blut interessiert ist und nicht an deinem Intellekt. Natürlich ist es ein schönes Gefühl, begehrt zu werden, aber das hier klingt doch ganz nach einer Reise ohne Wiederkehr – und zwar kopfüber hinein in den Vampir-Liebeskummer.

Schon ein sehr weiser Mann (Proust? Homer Simpson?) hat mal gesagt: „Die Konversation mit einem Vampir ist höchst diffizil." Und damit hatte er recht. Sie *ist* höchst diffizil. Seien wir ehrlich: Wir Vampire sind älter, weiser, intelligenter, welterfahrener, belesener und interessanter als Sterbliche. Aber kein Grund zu verzagen! Wenn wir uns mit Menschen unterhalten, wollen wir nur, dass ihr bezaubert seid von unserer schwermütigen Brillanz und unserem erlesenen Geschmack.

Du musst bereit sein, ein paar deiner allzu menschlichen Schwächen abzulegen. Zwar wollen wir deine Augen glühen sehen vor wilder, lebendiger Unabhängigkeit, aber zu viele Unstimmigkeiten finden wir ermüdend. Wenn du im Gespräch mit deinem Vampir wirklich einen bleibenden Eindruck hinterlassen willst, empfehle ich das wohldosierte Einfließenlassen folgender Sätze:

„Ja! Ich würde wirklich unheimlich **gerne** in den Sommerferien nach Transsilvanien fahren! Du hast so recht, wer will denn schon nach Acapulco?"

„Nein, natürlich hast du meinen kleinen Bruder nur **aus Versehen** getötet. Mach dir keine Gedanken – solche Dinge passieren eben."

„Ich würde so gerne noch ein **Gedicht** darüber hören, wie ich mir die Achseln rasiere!"

„Mein Ex ist mir immer viel **zu langsam** gefahren. Ich war richtig frustriert, als er sich geweigert hat, die 200 km/h zu knacken."

„Ich hätte *super*-gerne eine **Fledermaus** als Haustier. Schlafen Golden Retriever vielleicht mit dem Kopf nach unten und können Ultraschall? Ha, von wegen!"

Aber nicht alle Mädchen sind so aufgeweckt (oder haben so viel Biss). Lerne aus den Fehlern deiner Vorgängerinnen in den folgenden Erfahrungsberichten.

Ich war gerade in der Tier-
handlung, als plötzlich dieser supersüße Typ vor mir stand. Ich versuchte das Eis zu brechen und sagte: „Oh mein Gott, diese Hundebabys sind so niedlich, die könnte ich auffressen!“ Aber dann erklärte er, Beagles hätten die würzigste Note und da bin ich aber so was von auf und davon! Im Nachhinein bereue ich, dass ich nicht ein bisschen aufgeschlossener gegenüber seinen kulinarischen Vorlieben war.

Vanessa, 16

Letztes Jahr war ich auf einer Halloweenparty und da stand dieser unglaublich heiße Typ an der Bowle-Schüssel. Wow, der war mindestens einsfünfundachtzig und hatte so ein cooles Draculakostüm an – das war bestimmt nicht von Karstadt. Ich ging also hin, um mir ‚Punsch zu holen‘, und machte ihm ein Kompliment über sein super Kostüm und da sagt er: „Süße, das ist kein Kostüm, das ist ein Vintage Armani aus Transsilvanien.“ Wie oberpeinlich!!

Marie, 15

Ich hatte schon länger das Gefühl, dass Sebastian mich gut findet, aber ich hab mir echt Sorgen gemacht, dass es ein Jahrhundert dauert, bis er mich mal fragt, ob ich mit ihm ausgehen will. Als ich mir dann mein Knie aufgeschürft hatte, bin ich einfach ein bisschen in unserem Garten rumgelaufen und hab überall kleine Blutstropfen für ihn hinterlassen. Sebastian hat immer noch nicht angerufen und jetzt sind auch noch mein Hund und mein kleiner Bruder verschwunden. Ich bin echt so was von am Boden.

Michelle, 17

Liebe auf den ersten Bisss

Sogar Unsterbliche werden vor der ersten Verabredung nervös. Selbstverständlich nicht so nervös wie du. Wir bekommen keine schwitzigen Hände. Wir haben auch keine Schmetterlinge im Bauch. Niemals, aber auch niemals werden wir rot. Aber wenn wir genug Interesse zeigen, um uns mit dir zu verabreden, dann haben wir auch ein Interesse daran, dass es gut läuft. Außerdem lieben wir es, wie die Nervosität deinen Blutdruck steigen lässt. Das ist einfach sexy.

Die erste Hürde, die bewältigt werden muss, ist die Entscheidung, was ihr bei eurem Date macht und wohin ihr geht. Es darf nicht zu übertrieben romantisch sein, aber auch nicht zu zwanglos. Ein schwieriger Balanceakt.

Nachricht von Fiffi, der Vampirjägerin

Egal, was ich sage, du willst doch sowieso mit ihm ausgehen, oder? Na gut, wenn du darauf bestehst. Aber denk an die entsprechende Verhütung!

Knoblauchspray: Steck ein paar Knoblauchzehen mit etwas Wasser in eine Sprühflasche. Das funktioniert besser als Pfefferspray.

Weihwasser: Ähnlich effektiv wie Knoblauchspray. Allerdings ist die Beschaffung schwierig.

Ein Taschenspiegel: Wenn er dir etwas zeigt, was du nicht sehen willst, dann zeig du ihm auch etwas, was er nicht sehen will. Außerdem praktisch, um dein Make-up zu kontrollieren.

Ein Kreuz: Steck es dir lieber in die Hosentasche, damit du nicht deine ganze Handtasche danach durchwühlen musst.

Vampir-Dating-Knigge

Vampire sind nicht so wie andere Jungs (darum findest du uns ja auch so toll!), also erwarte auch nicht, dass sie sich verhalten wie deine früheren Freunde – diese Jungs mit ihren lächerlichen roten Rosen und noch lächerlicheren Ausreden. Wenn du mit einem Vampir verabredet bist, behalte Folgendes im Kopf:

Pünktlichkeit: Du selbst solltest immer pünktlich sein, dich aber darauf einstellen, dass dein Vampir vermutlich zu spät kommt. Schließlich lebt er schon seit Hunderten von Jahren, da misst er Minuten und Stunden wahrscheinlich nicht viel Bedeutung bei.

Essen: Versuche, ein Date zu planen, bei dem es nicht primär ums Essen geht, z. B. Bowling, Kino oder irgendeine andere Freizeitbeschäftigung, die in einem dunklen, höhlenartigen Raum ohne Fenster stattfindet. Aber sollte es doch zum Essen kommen, bestelle mit Bedacht. Vergiss den Salat und nimm lieber ein blutiges Steak.

Konversation: Der Kerl ist ganz schön rumgekommen, also klemm dich gefälligst hinter die Bücher! Schreib dir alle europäischen Könige und Königinnen der letzten fünfhundert Jahre auf Karteikarten, damit du sie besser auswendig lernen kannst. Und informiere dich über die rumänische Politik des 16. Jahrhunderts. Was du unbedingt vermeiden solltest, ist die Frage danach, wie viele Menschen er schon ausgesaugt hat. Beim ersten Date gleich von Mord zu sprechen ist nämlich nicht unbedingt die feine Art.

Andere Frauen: Die Kellnerin flirtet mit ihm? Fang keinen Zickenkrieg an, sondern wirf lieber dein Wasserglas um, ganz „aus Versehen" natürlich. Während sie ohne große Anstrengung voll beladene Tabletts durch die Gegend schleppt, sitzt du hilflos da wie ein begossener Pudel. Wer hat wohl öfter einen Lebensretter nötig? Ha! Diese Runde geht an dich.

Um dir zu veranschaulichen, wie ein solches Date vonstatten gehen kann, lassen wir dich bei einer Verabredung zwischen einem sterblichen Mädchen und einer unsterblichen Seele einmal Fledermäuschen spielen: Die 17-jährige Stephenie geht in Millburn, New Jersey, zur Highschool. In ihrer Freizeit spielt sie gern Wasserball und ist Xylophonistin in der Schulmarschkapelle „The Millburnettes". Flavian, 212 Jahre alt, ist ein begabter Schriftsteller und begeisterter Briefmarkensammler – und hat gerade eine lange Beziehung hinter sich. Hier sind ihre Geschichten.

Stephenie

Vor meinem Date mit Flavian war ich total nervös. Ich hatte vorher gehört, dass er keine Freundin mehr gehabt hat, seit seine Ex 1902 an der Schwindsucht gestorben ist. Also dachte ich mir, ich mach mal total auf Vintagelook, um es ihm leichter zu machen. Ich hatte dieses tolle Spitzenkleid mit dem hohen Kragen an, aber hier und da hab ich noch ein paar moderne Akzente gesetzt. Ich wollte, dass das Ganze zeitlos wirkt, ihr wisst schon, so „Guck mich an, ich würde in *jedem* Jahrhundert gut aussehen!", falls er mich eines Tages verwandeln will.

Flavian hat mich mit seinem BMW abgeholt, echt cool. Aber dann bin ich in der Einfahrt total gestolpert! Das war soooo peinlich! Ich hoffe, er hat mich nicht für den absoluten Trampel gehalten.

Er hat mich zum Essen eingeladen, was sehr nett war, weil er doch, na ja, gar nicht isst. Wir haben uns sehr interessant unterhalten. Flavian hat mir erzählt, wie er im 19. Jahrhundert aufgewachsen ist und die Leute damals endlos über jede Kleinigkeit debattieren mussten, weil halt niemand das iPhone zücken konnte, um mal eben bei Wikipedia nachzugucken, ob das mit den Blutegeln wirklich so eine gute Idee ist.

Dann wurde es ein bisschen seltsam. Flavian hat plötzlich aufgehört zu reden und mich die ganze Zeit nur noch angestarrt, während ich gegessen habe. Ich dachte, vielleicht habe ich ja was zwischen den Zähnen und bin zur Toilette gegangen. Auf dem Rückweg bin ich an ein paar Jungs aus meiner Schule vorbeigekommen. Das war natürlich super, weil jetzt wirklich *jeder* erfahren würde, dass ich ein Date mit einem Vampir hatte. (In der Woche darauf durfte ich dann auch prompt auf dem wackligen Stuhl ganz hinten am Beliebtentisch in der Cafeteria sitzen, yeah!)

Als ich dann zurück zum Tisch kam, hatte Flavian auf einmal so einen komischen Gesichtsausdruck. Er hat das Geld auf den Tisch geknallt, meine Hand geschnappt und mich aus dem Restaurant gezerrt. Als ich ihn fragte, was los ist, hat er gesagt, dass diese Typen „ekelhafte" Sachen über mich gedacht hätten. (Flavian kann nämlich voll Gedanken lesen.) Ich fand's ja irgendwie ganz süß, dass er mich beschützen wollte, aber ich hätte auch ganz gern noch ein paar Bissen von meinem Burger gehabt.

Wir sind also zurück zum Auto gegangen und Flavian hat mich nach Hause gefahren. Zum Abschied hat er mich auf die Wange geküsst (so ein Gentleman!). Also, mir hat es Spaß gemacht und ich würde ihn gern wiedersehen, aber ich bin mir nicht sicher, ob er wirklich an mir interessiert ist. Da heißt es dann wohl abwarten und Tee trinken!

Flavian

Als ich Stephenie in diesem scheußlichen Rollkragenkleid gesehen habe, konnte ich mir einen Seufzer nicht verkneifen. Für einen Vampir ist das nämlich so ungefähr dasselbe, als wäre sie in einem Kartoffelsack aufgetaucht. Am Anfang war ich also wenig begeistert. Aber dann ist sie auf dem Weg zum Auto gestolpert – und ich war hin und weg von ihrer Zerbrechlichkeit! Sie war so zart und zauberhaft, vollkommen ungeeignet für eine Welt voller Gefahren wie Kieseinfahrten und kaum sichtbare Rasensprengerdüsen. Sofort wurde mir klar, dass ich sie davor bewahren musste. Ich würde ihr Beschützer gegen alles Böse sein, besonders gegen Schuhe mit zu glatten Sohlen.

Im Restaurant hielt mich ihr Anblick beim Essen gefangen: Wie diese potenziell tödlichen Stückchen Nahrung durch ihren wunderbaren

Hals hinunterwanderten. Jeden Moment hätte eins davon in ihrer Luftröhre stecken bleiben können, also hörte ich auf zu reden und konzentrierte mich ganz darauf, wie sie schluckte, um sie gegebenenfalls sofort mit dem Heimlich-Manöver retten zu können.

Als Stephenie von der Toilette kam, ging sie an einem Tisch mit lauter üblen, abscheulichen Menschenjungen vorbei, die nichts als absolut widerwärtige Gedanken im Kopf hatten. Diesem armseligen Wurm da zum Beispiel fiel ein, dass Stephenie gerne Frisbee spielt, und er dachte daran, sie zum Ultimate Frisbee Club in der Schule einzuladen. Es war einfach grauenhaft – allein die Vorstellung: mein kostbarer Engel umgeben von todbringenden fliegenden Scheiben! Was, wenn eine davon ihr die Kehle eindrückte? Oder ihre Schläfe streifte? Ich war so in Rage, dass ich Stephenie sofort aus dem Restaurant wegbringen musste, bevor sich in seinem Idiotenschädel noch mehr solcher abstoßender Ideen ansammelten.

Ich fuhr Stephenie also heim und nachdem ich mich vergewissert hatte, dass sie sicher ins Haus kam, rannte ich in den Garten und kletterte auf einen Baum. Dort habe ich die letzten drei Nächte über sie gewacht, damit ihr kein Unheil geschieht. Einmal bin ich beinahe eingeschritten, als sie auf einen Stuhl stieg, um ein Bild aufzuhängen (Was, wenn sie heruntergefallen wäre?), aber ich konnte mich gerade noch zusammenreißen. Morgen will ich ihr endlich das achtzigseitige epische Gedicht überreichen, das ich zu Ehren ihrer Schönheit verfasst habe. Ich muss nur noch einen Reim auf „hinreißende Nasenlöcher" finden, dann ist die letzte Strophe fertig.

Vergiss nie, dass sich die Datingregeln ganz schön geändert haben, seitdem dein Vampir fünfzehn war (na ja, seit er zum ersten Mal fünfzehn war zumindest). Geh es langsam an. Denk dran, er will seinen Kavaliersstiefel durchziehen und dir altmodisch den Hof machen. Hab dennoch keine Angst vor Risiken. Wenn er mit dir Händchen halten will, mach dir ein paar warme Gedanken und los geht's!

Was, muss ich etwa *noch* deutlicher werden? Nun gut, ich habe hier ein paar Aussagen von Menschenmädchen und Vampirjungs gesammelt, in denen sie von ihren denkwürdigsten Dates erzählen – genauer gesagt den denkwürdigsten Desastern!

Wolfgang war einer von diesen hypernervösen, paranoiden Typen – nicht so ein cooler, relaxter Vampir, wie man sie aus dem Fernsehen kennt. Wir saßen in einem schönen Restaurant und wollten gerade bestellen, als ich den Kellner fragte: „Was können Sie denn heute empfehlen?" Aber Wolfgang hatte nicht richtig zugehört und verstand nur „pfählen"! Er hat ein Riesentheater gemacht, ist aufgesprungen und aus dem Restaurant gestürmt. Da hätte ich ja gleich das Lamm mit Knoblauch und Kreuzkümmel nehmen können!

Lena, 17

Es ist immer dasselbe: Ich zeig ihr meine Zähne – und sie macht mir eine Szene.

Tristan, 333

Ich lasse mich nie wieder auf ein Blind Date ein, ohne etwas über den Mortalitätsstatus des Typen zu wissen!

Nadine, 15

Vampire tanzen einfach nicht Macarena. Basta.

Stanislaf, 492

Vampire sind für ihre direkte Art bekannt. Die Worte menschlicher Jungen sind manchmal so schwammig wie ihr wabbeliger Hüftspeck, während die unseren geschliffenem Marmor gleichen. Zumindest für uns selbst ist das, was wir sagen, so klar wie Blutplasma, auch wenn ihr mit eurem armseligen Menschenverstand hin und wieder nicht erfasst, was wir meinen. Diese Tatsache spielt im gesamten Buch keine unerhebliche Rolle, hier aber möchte ich mich gern auf die Datingsprache konzentrieren. Wie du bereits feststellen konntest, kann schon ein so einfacher Satz wie „Ich will dein Blut trinken" mannigfaltige Bedeutungen haben, darum ist es so wichtig, dass du dir sicher bist, ihn richtig zu verstehen. Denn nur, wenn *du* dir sicher bist, gilt das auch für dein Leben.

Datingsprache: gesagt – gemeint

Er sagt: „Du siehst heute köstlich aus."
Er meint: „Du siehst heute hübsch aus."
Das kommt dir vielleicht etwas seltsam vor, aber es ist tatsächlich das größte Kompliment, das er dir machen kann. Lächle und bedanke dich. Sag ihm nicht etwa, dass er auch köstlich aussieht – das wäre Blödsinn. Erwidere stattdessen etwas wie: „Auch ich bin sehr eingenommen von dir."

Er sagt: „Ich will mit dir irgendwohin, wo es dunkel, still und einsam ist."
Er meint: „Ich will dich besser kennenlernen."
Wenn das ein Sterblicher bei eurem ersten Date sagen würde, wäre es einfach nur gruselig. Aber ein Vampir meint es tatsächlich total lieb. Er will dich eben einfach besser kennenlernen – im Dunkeln. Daran ist absolut nichts Eigenartiges. So kann er dich besser sehen. Das ist ein Zeichen dafür, dass es gut läuft und er sich wirklich für dich interessiert (oder für dein Blut).

Er sagt: „Eigentlich habe ich im Moment gar keine Zeit für eine feste Freundin."
Er meint: „Ich will mir zuerst ganz sicher sein, dass du es nicht nur auf meine Fähigkeit abgesehen hast, dir Unsterblichkeit zu verleihen."
Vampire müssen da einfach vorsichtig sein. Manche Mädchen benutzen uns nur, um zu Untoten zu werden. Wenn ein Vampir also so etwas zu dir sagt, meint er eigentlich nicht, dass er keine Freundin haben will. Tatsächlich mag er dich sehr und versucht nur, sich rar zu machen, damit du ihn noch toller findest. Und wenn du bereit bist zu warten, heißt das für ihn, dass du nicht nur auf eine One-Night-Verwandlung aus bist. Nimm es also als Zeichen, dass euer Date richtig gut läuft!

Generell sprudeln wir Vampire nicht so schnell mit unserem Innersten hervor. Das überlassen wir lieber offenen menschlichen Wunden. Wenn sich eure Verabredung dem Ende nähert, erwarte deshalb nicht gleich, dass der Vampir dir sagt, was er denkt. Wenn er dich nicht ausgesaugt hat, ist das schon ein gutes Zeichen. Wenn er sagt, das könntet ihr ja bei Gelegenheit wiederholen, umso besser! Erwarte dir von ihm weder ein dümmliches Lächeln noch einen albernen Spitznamen. Das ist einfach nicht unser Stil und wenn du dir so etwas wünschst, bist du noch beschränkter, als ich dachte, und wirst mit Sicherheit enttäuscht. Erlaube ihm stattdessen, sich auf Vampirart auszudrücken. Gut, vielleicht schreibt er dir nicht gleich eine SMS, bevor du zu Hause bist oder steht am nächsten Morgen mit einem Blumenstrauß vor deiner Tür. Aber trotzdem gibt es ein paar todsichere Hinweise darauf, ob dein Date ein Erfolg oder eine Vollpleite war.

Liebesbarometer

Heiß: Er hat sich dir schon an den Hals geworfen, bevor die Getränke kamen, dich dann verlangend angesehen und dir die Ewigkeit versprochen.

Lauwarm: Er wollte dich erst beißen, nachdem du deine Blutgruppe erwähnt hast, und wollte dir auch erst seine Lieblingshorrorfilme verraten, nachdem du deine zuerst gesagt hast.

Unterkühlt: Er hat nur darüber gesprochen, was er alles mit seiner Ewigkeit anfangen will und andauernd seine Exfreundin erwähnt, mit der er beinahe 200 Jahre zusammen war.

Eiskalt: Während er mit dir sprach, hat er ständig anderen Mädchen auf den Hals gestarrt.

Den ersten Kuss verstehen

Die größte Ehre, die ein Vampir dir am Ende der Verabredung zuteilwerden lassen kann, ist der erste Kuss. Hier heißt es ganz oder gar nicht: Es gibt weder unambitionierte Umarmungen, noch halbgares Händeschütteln oder belangloses Boxen auf den Arm, wie es Menschenjungs so gern machen. Entweder er geht und das war's oder es geht erst richtig los …

Und wenn alles vorbei ist und ihr Gute Nacht gesagt habt, lauf schnell nach Hause und schlag diese Seite auf, damit du weißt, was gerade passiert ist!

Stirn

In der Menschenwelt will ein Junge dir mit einem Kuss auf die Stirn Folgendes sagen: „Sag mal, findet deine beste Freundin mich eigentlich süß?“ Doch verzweifle nicht, meine Liebe, denn was dein Vampir dir gerade mit seinem Kuss auf die Stirn mitteilen wollte, ist: „Hier kann ich das köstliche Aroma, das von deinem bloßen, pulsierenden Hals aufsteigt, umso besser wahrnehmen!“ **Bleib dran – hier geht es mit Sicherheit noch weiter!**

Haar

Du glaubst vielleicht, mit diesem Kuss enthüllt dein Vampir seine liebevolle, fürsorgliche Seite. Aber tatsächlich sollte dein Herz davon schneller klopfen als nach dem Po-Pusher-Programm auf dem Stepper deiner Mutter. **Dieser Kuss bedeutet: „Komm näher, mein Schatz!“**

Ohr

Lass dich von diesem normalerweise wohl sinnlichsten und verführerischsten aller Küsse nicht in die Irre leiten. Achtung! Leider interessiert sich dein Vampir gerade nicht für dich, sondern er lauscht nur sehr (sehr!) intensiv dem Rauschen deines heißen, salzigen Blutes durch dein Trommelfell. **Nimm dich in Acht!**

Mund

War das ein Zufall, dass er deine Lippen mit seinen gestreift hat? Niemals! Vampire überlassen nichts dem Zufall. **Gib dir Fünf,** denn du hast gerade das bekommen, was als einer der erotischsten Vampirküsse bezeichnet wird!!!

Zunge

Hoppla, der geht aber ran! Was du dich fragen solltest: Wenn er jetzt schon auf meinen Speichel aus ist, will er dann als Nächstes mein Blut?

Hals

Dies ist natürlich der Große Preis der Vampirküsse. Wenn du diesen Kuss oder seine Bedeutung noch infrage stellen musst, empfehle ich dir, zum Anfang dieses Buchs zurückzublättern und von vorne anzufangen! Mit diesem Kuss ist die Sache quasi besiegelt. Falls seine Lippen anfangen, herumzuwandern, solltest du allerdings noch an deiner Technik arbeiten. Wenn er dann ruhig an einer Stelle bleibt, hast du den echten Untoten-Appeal, Schätzchen! Er hat nicht nur was für dich übrig, sondern hält sich deinetwegen sogar zurück, damit auch von dir noch etwas übrig bleibt! **Achte sehr darauf, was vorher und nachher passiert.**

Erst Hals, dann Ohr: Ihm ist langweilig.
Erst Hals, dann Stirn: Daumen runter, Süße. Jetzt weiß er, was im Angebot ist – und was er riecht, gefällt ihm nicht.
Erst Haare, dann Lippen, dann Hals: Verabschiede dich schon mal von Familie und Freunden!

Wenn das erste Date vorbei ist und du (noch) so lebendig bist wie seine Liebe, wird es Zeit für die nächste Stufe: eine feste Beziehung! Im folgenden Kapitel zeige ich dir, wie du dich sicher durch diese gefährlichen (und manchmal blutigen) Gewässer manövrierst.

Jetzt, wo ihr zusammen seid, halt ihn für die Ewigkeit!

Vampir – Deutsch, Deutsch – Vampir

Du hast also einen Fuß in der Gruft – gut! Jetzt musst du nur noch dafür sorgen, dass die Faszination auch anhält. Wir Vampire wissen zwar sofort, wenn wir euch hoffnungslos verfallen sind, aber wir hängen so was nicht gleich an die große Glocke – versteht sich, Glocken sind ja auch nicht gerade unser Ding. Wir lieben es einfach, euch zu umwerben, mit einem gesunden Maß an Distanz.

Überstürze nichts. Liebe äußert sich nicht nur in Form von romantischen Ergüssen und Augenblicken akuter Lebensgefahr. Nein, sie zeigt sich ebenso in kleinen, unbedeutenden Alltäglichkeiten, wenn ihr einander kennenlernt. Ich kann dich schon jammern hören, Worte voller Selbstzweifel dringen an mein Ohr: „Vlad, wie kann ich jemals gut genug sein für einen Vampir? Wann wird ihm auffallen, dass ich nur ein ganz normales Mädchen bin und er eine vollendete Symphonie eiserner, untoter Vollkommenheit?"

Ich will ehrlich zu dir sein: Er hat in der Tat einiges zu bieten, wovon du nur träumen kannst. Aber keine Sorge, wenn du erst einmal sein Herz für dich gewonnen hast, erlangst du mehr und mehr die Kontrolle über die ganze Situation. Wir sprechen von *Blutsverbundenheit*, wenn ein Vampir bereit ist, über sein dir bei Weitem überlegenes Wissen, seine unermessliche Lebenserfahrung, seine übernatürlichen Kräfte und sein Filmstar-Aussehen hinwegzusehen, um die Liebe eines sterblichen Mädchens zu gewinnen. Der Schlüssel zu seiner bedingungslosen Hingabe liegt für dich darin, interessant zu bleiben und deine Unterlegenheit niemals allzu deutlich zu zeigen. Hier bin ich selbstverständlich dein wohlmeinender Berater – und wohl auch deine letzte Hoffnung.

Beginnen wir mit der unverkennbaren Tatsache, dass er viel, viel älter ist als du. Ich weiß, dass dies ein Punkt ist, über den du am liebsten nicht nachdenken würdest. Schließlich könnte er dein Ururgroßvater sein. Aber zum Glück sorgt ja sein unfassbar junges, frisches, gutes Aussehen dafür, dass du ganz schnell vergisst, wie alt er wirklich ist – nämlich für gewöhnlich älter als jeder Baum in deiner Umgebung. (Es sei denn, in der Nähe eures Hauses wachsen zufällig Mammutbäume.) Wenn er so gut darin ist, weniger alt zu erscheinen, musst du unbedingt dagegenhalten und eben *weniger jung* wirken.

Zehn Tipps für ein Date mit einem viel, viel, viel älteren Mann

Es kann vorkommen, dass dein Vampir verwirrt blinzelt, wenn du von Dingen wie *High School Musical* oder Toastern sprichst. Um die Zahl solcher Missverständnisse möglichst gering zu halten, befolge die unten stehenden Ratschläge.

1. Fang an zu lesen.

Wie viele Jahrhunderte lang kann ein Vampir es ertragen, die Menschen immer dieselben, dummen Fragen stellen zu hören? „Sehe ich in dieser Toga / diesem Korsett / diesen Lederleggings dick aus?" „Wo möchtest du nach der öffentlichen Hinrichtung / dem Theater / dem Kino essen gehen?"

Geh in die Bibliothek und frag nach einem Buch, das noch nie zuvor ausgeliehen wurde. Überrasch ihn dann mit deinem Wissen über das Paarungsverhalten des geknöpften Krokodilmolchs.

2. Sei aktiv.

Dein Vampir ist mit den heißesten Frauen der letzten dreihundert Jahre ausgegangen? Lass dich nicht entmutigen! Klar, diese Mädels haben jeden Tag vier Stunden damit zugebracht, sich für ihren Vampir aufzurüschen, aber glaub mir, dafür hätte er sich beinahe zu Tode gelangweilt (… wenn er denn gekonnt hätte), weil er ihnen den ganzen Tag bei der Gobelinstickerei zusehen musste.

Demonstriere deinen Unternehmungsgeist, indem du in eine Sportmannschaft eintrittst. Dann lade deinen Vampir zu Wettkämpfen ein, bei denen er dich rosig erhitzt erleben kann.

3. Erfinde Ablenkungsmanöver.

Deine Mutter ist misstrauisch, weil dein Vampir so nebenbei den Dreißigjährigen Krieg oder die Weimarer Republik erwähnt hat? Sei vorbereitet und erkläre: „Na ja, Jakob ist halt zwei Jahre älter als ich, das heißt, er ist 1607 geboren. Was gibt's eigentlich zum Abendessen?"

4. Informiere dich über seine Vergangenheit.

Es wäre ja schließlich ganz schön peinlich, wenn du deinen Vampir zu einem Urlaub in Verdun einlädst, ohne zu wissen, dass er im Ersten Weltkrieg, ähm, seine Sterblichkeit hinter sich ließ. Achte darauf, keine schmerzvollen Erinnerungen zu wecken, wie zum Beispiel an blutige Massaker oder an die gute alte Zeit, als er die Gelegenheit gehabt hätte, in die Garagen-Computerfirma seines besten Kumpels Bill einzusteigen.

5. Sieh dir Historienfilme an …

… bis du vom bloßen Zusehen ein Kissen besticken kannst. Es liegt mir fern, zu behaupten, dass Mr Darcy ein Vampir war, aber Kostümfilme können einen guten Beitrag dazu leisten, ein paar seltsame Verhaltensweisen deines Vampirs besser zu verstehen: Zum Beispiel wenn er deinen Sitznachbarn in der Schule zum Duell herausfordert, weil der dich „entehrt" hat, indem er den Bleistift behielt, den du ihm geliehen hast.

6. Beschränke dich in deinen Äußerungen auf die Gegenwart.

Wenn du ständig in Erinnerungen an die Zeit, als du zehn warst, schwelgst, fühlt er sich nur alt. Auf der anderen Seite wird er vermutlich depressiv, wenn du davon erzählst, was du mal werden willst, wenn du erwachsen bist – denn er wird die Zwanzig, Dreißig, Vierzig, Fünfzig, Sechzig usw. in den meisten Fällen nicht mehr erleben. Zumindest nicht in dem entsprechenden Körper.

7. Lass die Hotpants im Schrank.

Denk daran, dass in seiner Jugend Mädchen, die zu viel Knöchel zeigten, als Megaschlampen verschrien waren.

8. Bring ihn in Kontakt mit modernster Technik.

Von seinem gemütlichen Sarg aus zu skypen ist doch viel angenehmer (und frisurfreundlicher) als bei schlechtem Wetter draußen rumzustehen.

9. Mach ihm **originelle** Geschenke.

Im Laufe der Jahre hat er haufenweise gerahmte Fotos angesammelt, Hunderte von Gedichten, unzählige Haarlocken und wahrscheinlich auch den einen oder anderen Albino-Pfau. Angelina Jolie fand sich wohl unglaublich originell, als sie Billy Bob ein Röhrchen mit ihrem Blut schenkte. Dein Vampir ist bestimmt mit ihrer Ururgroßmutter ausgegangen und hat als Beweis immer noch das Blut. Um sicherzugehen, dass du ihm etwas schenkst, was er garantiert noch nie bekommen hat, denk dir etwas Persönliches aus und – ganz wichtig – mach es unbedingt selbst!

10. Sei eine Frau des **21. Jahrhunderts.**

Gut möglich, dass er zu einer Zeit aufgewachsen ist, in der jede Frau, die die Quadratwurzel aus 64 kannte, auf dem Scheiterhaufen endete, aber das heißt nicht, dass du jeden Gedanken an Emanzipation über Bord werfen solltest. Er hat dich aus einer (aber auch wirklich ungünstig gelegenen) Schlangengrube gerettet? Schön. Er trägt dich auf Händen über Risse im Gehsteig? Bisschen zu viel des Guten.

Ich brauche ein Mädchen, mit dem ich mich wieder jung fühlen kann. Wenn man sich in keinem Spiegel sieht, vergisst man einfach leicht, wie atemberaubend jung und schön man aussieht. Man fängt an, das Alter zu fühlen – wenn man es schon nicht sieht. Wenn ein Mädchen es versteht, mir meine eigene Jugend wiederzugeben, hat sie so gut wie gewonnen. Nur so lange, bis sie selbst alt wird natürlich. Dann die Nächste bitte!

Aleksandr, 832

Was man bei einem Vampir-Date alles falsch machen kann

Es ist ein Kreuz. An einen Vampir heranzukommen gestaltet sich außerordentlich schwierig. Noch schwieriger aber ist es, einen zu halten … Zumindest so lange, bis du ihn mit deiner entzückend bedauernswerten Menschlichkeit vollkommen in deinen Bann gezogen hast. Um diesen Prozess einfacher zu gestalten, hier ein paar Dinge, die du bei einem Vampir-Date vermeiden solltest:

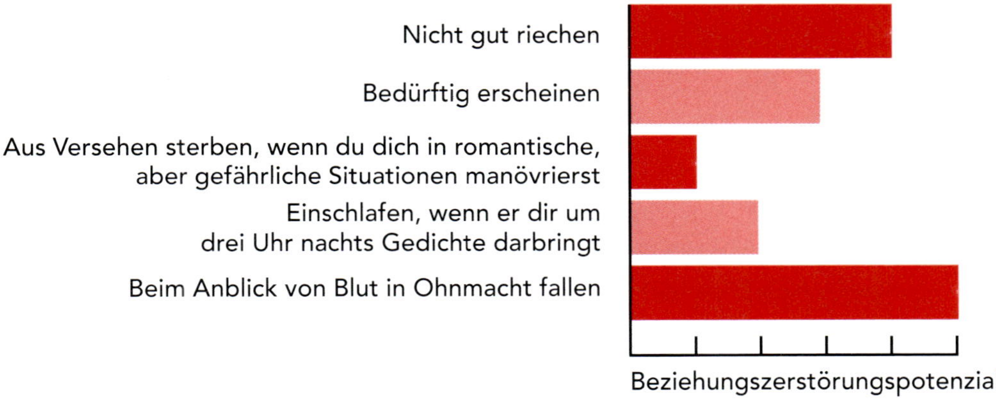

Eine gute Beziehung muss einer Schlange gleichen, die sich in den eigenen Schwanz beißt: Man weiß nicht, wo der eine Partner anfängt und der andere aufhört, das Ganze ist ein nahtloser Kreis der Hingabe. Blut, Schmerz und Zähne gehören da einfach dazu wie der Deckel auf den Sarg.

Cassius, 705

Die Konkurrenz

Für dein erstes Vampir-Date ist es wichtig zu wissen, mit wem und – falls es sich um eine andere Spezies handelt – womit du dich messen musst, wenn es gilt, um die Zuneigung deines Angebeteten zu kämpfen.

Die Abschlussballkönigin
Sie ist hübsch und beliebt, aber keine Sorge. Aus unerfindlichen Gründen sind Vampire seit jeher mehr daran interessiert, die Abschlussballkönigin zu töten, als mit ihr auszugehen. Selbst wenn man ihr Schweineblut über den Kopf schüttet, verbleibt die Tatsache, dass sie nichts als eine leere Kalorie in der Ernährungspyramide der Vampire ist.
Bedrohungsgrad: niedrig

Die Cheerleaderin
Athletisch, durchtrainiert, voller Elan – die Cheerleaderin könnte eine ernst zu nehmende Konkurrenz darstellen. Zum Glück aber meiden Vampire Cheerleader, weil so viele davon heimlich eine zweite Karriere als Vampirjägerin verfolgen.
Bedrohungsgrad: niedrig

Das Sternchen der Theater-AG
Mit ihrem ewigen Weltschmerz und ihrem Sinn für Schönheit mag es dem Theater-Sternchen dann und wann gelingen, deinem Vampir ins Auge zu fallen. Für gewöhnlich ist das aber nichts von Dauer, denn sie liebt das Rampenlicht. In der Beziehung aber muss ganz klar *er* die Hauptrolle spielen.
Bedrohungsgrad: mittel

Die Schülersprecherin

Im Allgemeinen liegen Vampire zwar ziemlich überkreuz mit nervigen Besserwisserinnen, trotzdem solltest du die Schülersprecherin nicht unterschätzen. Ihr ernstes Auftreten wird ihn amüsieren und ihren naiven menschlichen Ehrgeiz findet er, nun ja, köstlich.

Bedrohungsgrad: hoch

Der weibliche Vampir

Sie ist so schön, dass du deine Augen vor dem Glanz ihrer Perfektion beschirmen musst. Sie hat Jahrhunderte voll des Leids durchlebt und kann seine Schwermut absolut nachvollziehen. Außerdem findet sie seine Gruft nicht insgeheim ein bisschen gruselig und braucht keine vier Tassen Kaffee, um mit ihm die Nacht durchzustehen. Armes kleines sterbliches Mädchen, wenn sein Auge auf einen weiblichen Vampir fällt, ist sein Herz für dich verloren.

Bedrohungsgrad: sehr hoch

Die Neue

Du kannst dir absolut nicht erklären, was er an *der* findet, so tollpatschig wie die ist. Ständig murmelt sie irgendwas vor sich hin und scheint ohne fremde Hilfe kaum überlebensfähig. Vampire aber können dem Duft neuen Blutes nicht widerstehen. Deine einzige Hoffnung ist jetzt, dass der Tod sich irgendwann mal entschließt, dass sie ihm oft genug von der Schippe gesprungen ist, und sie sich den Hals bricht, bevor er dasselbe mit deinem Herzen tut.

Bedrohungsgrad: Alarmstufe rot!

Ich weiß nicht, wie viele Mädchen schon vor meiner Gruft standen und wimmerten: „Vlad, wie soll ich das schaffen? Ich bin einfach nicht gut genug!“ Jede Einzelne von ihnen hat von mir eine saftige Ohrfeige in ihr hübsches kleines Gesicht bekommen. „Hör auf zu jammern!“, pflege ich sie dann zurechtzuweisen. „Jammern ist unattraktiv! Du bist schön! Du hast Blut! Du hast andere Vorzüge, die mir im Augenblick nicht ganz ersichtlich sind. Reiß dich zusammen!“

Lerne die Bedürfnisse deines Vampirs verstehen

Eine Beziehung zu führen bedeutet Kompromisse zu schließen. Zumindest für dich. Wenn du mit einem Vampir zusammen sein willst, musst du seine Eigenarten akzeptieren … und deine eigenen Schwächen ausgleichen, indem du dich an seine Stärken anpasst. Na, dann mal Hals- und Beinbruch!

Schlaf

Er braucht keinen Schlaf und du willst bestimmt nicht als Langweilerin abgestempelt werden. Während der ersten Monate im Liebestaumel mag er es vielleicht noch ganz nett finden, dir beim Schlafen zuzusehen. Aber es empfiehlt sich natürlich sehr viel mehr, sich schlafend zu stellen, „im Schlaf" seinen Namen zu murmeln und ihm dabei den Hals entgegenzustrecken. (Muss ich dir das wirklich noch erklären? Soll ich's dir vielleicht aufmalen?)

Tja, fest steht, dass dein Körper – diese erbärmliche Hülle voller Fleisch und Blut – nun mal seine Ruhezeiten braucht. Also, was tun? Die Antwort, meine liebe Sterbliche, lautet: Sekundenschlaf und Koffein!

Vampirfreundliche Schlafzeiten

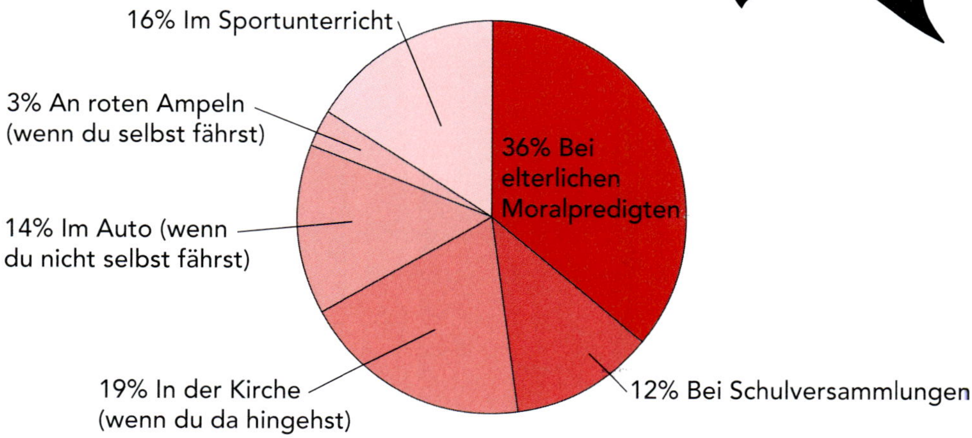

Für jedes Vampir-Date die passende Espressodosis

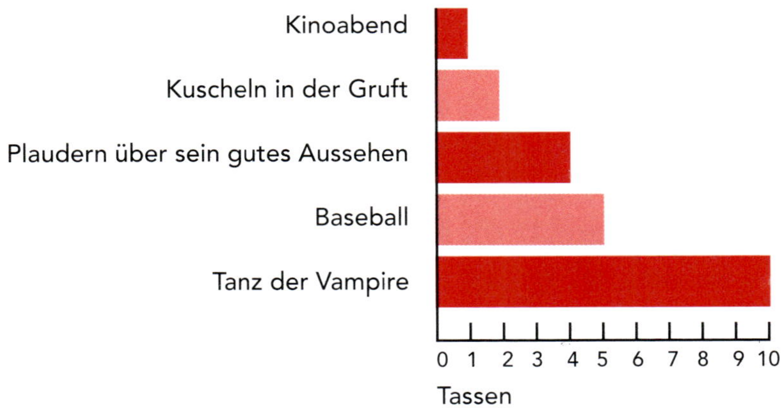

Blut

Gibt es einen Schlachthof in deiner Nähe? Gut. Zieh einen Regenmantel an und freu dich auf die Show. Denk dran, die ersten Reihen kriegen das meiste Blut ab! Wenn du in einen Blutsauger verliebt bist, solltest du daran arbeiten, deinen Würgreflex in den Griff zu bekommen. Denn nichts verdirbt deinem Vampir so schnell die Freude an seiner blutigen Mahlzeit wie ein reiherndes Mädchen im Hintergrund.

Kälte

Deine Körpertemperatur beläuft sich auf feurige 37 Grad, er hingegen ist eher einer von der coolen Sorte. Du würdest dich am liebsten bis in alle Ewigkeit in seine Arme kuscheln, aber da ist es kalt – fröstelig, eisig, arktisch kalt … Dein Körper wird versucht sein zu zittern, aber tu es nicht! Kein Vampir will einen Frostköttel zur Freundin. Also fang an, deine Kältetoleranz zu trainieren. Dreh als Erstes die Klimaanlage auf, der nächste Schritt sind kalte Duschen. Wenn du bei Eisbädern angekommen bist, findet er dich vielleicht langsam ganz annehmbar.

Liebe geht durch den Magen

Du musst nicht immer mit deinem Vampir ausgehen. Die besten Dates finden sowieso zu Hause statt. Nicht bei dir zu Hause: Mal abgesehen von seinen nächtlichen Besuchen in deinem Schlafzimmer (selbstverständlich nur, um dich schlafen zu sehen!) findet er es da nämlich sterbenslangweilig. Also, statt dich in deiner kuscheligen Koje zu lümmeln, ist es an der Zeit, seiner Gruft einen Besuch abzustatten – und ihm zu zeigen, dass du in der Lage bist, eine ansprechende Mahlzeit auf den … Sargdeckel zu zaubern.

Wie wir alle wissen, gibt es nur eine Substanz, die deinen Vampir mit den Kalorien versorgt, die er braucht. Burger King und Pizza Hut sind einfach nicht auf vampirische Bedürfnisse eingestellt (es sei denn, der Typ hinter dem Tresen hat eine fiese, klaffende Schnittwunde). Was das Essen betrifft, stell dir deinen Vampir am besten wie ein Kind mit einem ganzen Haufen seltsamer Nahrungsmittelallergien vor. Wenn du ihm aber eines seiner Lieblingsrezepte zauberst, kann er der perfekt zubereiteten Leckerei garantiert nicht widerstehen. Hier ein paar Rezepte, bei denen er sich wie an Muttis Kessel in Transsilvanien zurückversetzt fühlen wird.

Warnung: Diese Rezepte sind nur für Vampire gedacht. Du selbst solltest dich an die entschärfte Variante halten!

Blutorangen-Smoothie

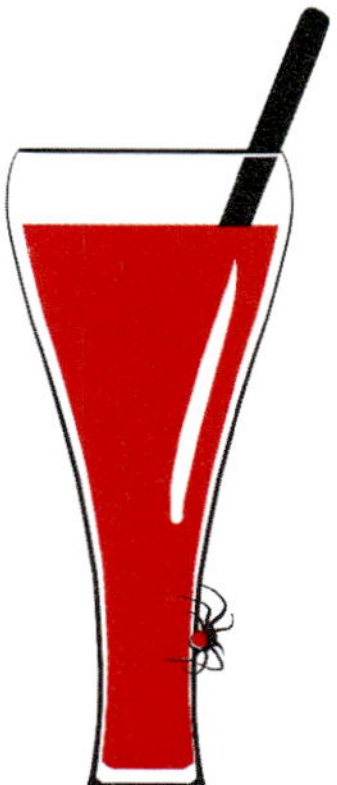

Was sagt schon ein Name aus? Nun ja … nicht viel, außer dass hier seine ab-so-lu-te Lieblingszutat drin ist! Ganz zu schweigen davon, dass das Getränk genauso erfrischend kalt ist wie sein Herz. Diese schmackhafte Leckerei kann auch *sans sang* zubereitet werden, sodass ihr sie beide genießen könnt. Wenn du aber seine Geschmacksknospen so richtig rocken willst, dann gib auf jeden Fall echtes Blut hinein.

Zutaten

1 Tasse frisch gepresstes Hämoglobin (Alternative: Orangensaft)
1 Blutorange, geschält und filetiert
½ Becher Naturjoghurt
1 Becher Crushed-Eis

- Hämoglobin oder Orangensaft (laaaangweilig!) mit der Blutorange mischen und alles gut durchmixen, bis die Orange zerkleinert ist.
- Joghurt unterrühren.
- Anschließend langsam die Hälfte des gecrushten Eises hinzugeben und noch einmal alles gut durchmixen. Dann das restliche Eis hineingeben und das Ganze cremig mixen.
- Genießen!

Blutwürstchen

In dieses Würstchen wird er seine Zähne schlagen wollen, denn der wichtigste Bestandteil dieses Rezeptes ist Blut (und die besten Würste werden bekanntlich mit *frischem* Blut gemacht). Blutwürstchen sind eines der besten Verwöhngerichte, die du ihm bieten kannst … mal abgesehen natürlich von deiner Halsschlagader.

Zutaten

1 l Blut (Lamm, Schwein oder Jungfrau, wenn verfügbar)
½ Pfund Rindertalg
1 mittelgroße Zwiebel, fein gehackt
½ l Milch
1 Tasse gekochte Gerste
1 Tasse Haferflocken
1 Prise Salz und Pfeffer
Wurstdärme

- Den Ofen auf 150°C vorheizen.
- Alle Zutaten (bis auf die Wurstdärme) in einer großen Schüssel miteinander vermengen.

- Mischung in die Wurstdärme füllen.
- Backform bis zur Hälfte mit Wasser füllen.
- Die Würste in die Pfanne legen und 1 ½ Stunden im Ofen garen lassen.
- Heiß, kalt oder gegrillt servieren.

Virgin Bloody Mary (Übliche Zubereitung)

Versuche nicht den geschichtlichen Hintergrund zur Sprache zu bringen, auf den der Name des Getränks anspielt. Er könnte Queen Mary, nach der das Getränk benannt ist, mit Verbrennungen auf dem Scheiterhaufen in Verbindung bringen. Nur für den Fall, dass ein paar seiner Freunde oder Verwandten dieses Schicksal ereilt hat. Spiel lieber nicht mit dem Feuer …

Zutaten

1 Tasse Blut (oder Tomatensaft)
½ Tasse Zitronensaft
¼ TL Worcestersoße
⅛ TL Chilisoße (nicht zu scharf – denk an seine sensiblen Geschmacksnerven!)
Salz und Pfeffer nach Geschmack
Eiswürfel

- Alle Zutaten (bis auf das Eis) in einem Cocktailshaker mischen.
- Schütteln und in ein vorgekühltes, mit Eiswürfeln gefülltes Glas gießen.
- Hoch die Tassen!

Virgin Bloody Mary (Traditionelle Zubereitung)

Zutaten

Eine Jungfrau namens Mary

- Entsaften.
- Servieren.

SMS-Nachrichten und E-Mails richtig deuten

Herzlichen Glückwunsch: Du hast es schließlich schon ganz schön weit gebracht und hast den idealen Begleiter auf deinem Weg in den unvermeidlichen Tod gefunden. Aber ist er auch mit Herzblut bei der Sache? Schwer zu sagen, denn bevor der Vampir dir nicht mit Haut und Haaren verfallen ist, kannst du wohl kaum erwarten, dass er dir jedes Mal ewige Liebe schwört, nur weil ihm der Film gefällt, den du ausgesucht hast. Suche also in seinen SMS und E-Mails nach genaueren Hinweisen auf seine Gefühle.

SMS

Er schreibt: O du mein menschliches Kleinod, so zart, keinen Augenblick länger kann ich ohne dich sein. Die höchsten Gipfel will ich erklimmen, um alsbald wieder in deinen Armen zu liegen.
Er meint: Wo bist du?

Er schreibt: Ich leide Qualen, zerrissen zwischen Liebe und der Angst vor meiner eigenen Gier. In lähmende Finsternis lockt mich dein Fleisch wie eine glühende Hand. Aber ich muss fortbleiben.
Er meint: Ruf dich später an.

Er schreibt: Keine Zeit heut Abend. Ruf dich morgen an. Lg
Er meint: Ich hab jemand Besseres gefunden. Neben ihrem Blut riecht deins wie faule Eier. Mach's gut, Sterbliche.

E-Mails

Liebste,
den heutigen Abend verbringe ich in einem unserer alten Familienchalets in den Bergen und vermisse dich. Verzehre mich nach dir, wie das Meer den Mond herbeisehnt. Der Nebel verhängt mein Fenster wie ein Leichentuch, aber hoch über den Gipfeln glitzern die Sterne wie die Augen Tausender durstiger Vampire. Die Jagd in den letzten Tagen war vergnüglich und erquickend. Die Tage vergehen wie im Flug und wir haben beschlossen, unseren Aufenthalt noch ein wenig zu verlängern. Ich wünsche den Augenblick herbei, in dem ich dich wieder in meinen Armen halten und dem anregenden Klopfen deines Herzens lauschen kann, Liebste, und bald, bald wird es wieder so weit sein. Bis zu dieser kostbaren Stunde verbleibe ich

Dein Gareth

Allerliebste? Liebste von allen? Check heimlich ein paar seiner anderen Mails, um zu sehen, ob er diese Anrede allein dir vorbehält oder ob er auch seinen Zahnarzt „Liebster" nennt.

Er erwähnt nicht, in welchem Land er sich befindet, und beugt damit allen Versuchen, ihn über Google Earth ausfindig zu machen, vor. Raffiniert!

Ein poetischer Vergleich – gutes Zeichen!

Klingt negativ, aber Vampire lieben Nebel – genau wie alles, was mit Leichentüchern zu tun hat.

Es dürstet ihn nach anderem Blut als deinem! – Ganz schlechtes Zeichen.

Er ist ganz offensichtlich nicht allein dort.

Interpretation: Dieser Vampir ist nicht allein. Er trinkt Blut, das nicht deins ist, und verrät dir nicht, wo er ist und wann er wieder vor deinem Fenster aufzutauchen gedenkt. Du hast tausend Gründe, misstrauisch zu sein, aber bevor du ihn wütend zur Rede stellst, atme ein paarmal tief durch. Denn es gibt nichts, was Vampire mehr hassen als Menschen, die ihnen hinterherschnüffeln! Na ja, außer den Spielverderbern beim Roten Kreuz vielleicht, die so knickerig mit kostenlosen Blutpröbchen sind.

Du kannst dich glücklich schätzen, denn eine Sache hast du jedem Vampir voraus: weibliche Intuition! Und genau die ist jetzt gefragt, wenn du herausfinden willst, ob eure sporadischen Rendezvous' der Grundstein für eine ernsthafte Romanze sind. Folgt er dir überallhin? Taucht er plötzlich auf, wenn du ihn mindestens eine Autostunde von dir entfernt glaubtest? Ist er sofort zur Stelle, wenn du dir den Zeh stößt, um dich auf Händen in den nächsten Klassenraum zu tragen? Wenn dich ein anderes Mädchen anzickt, wird sie spätestens zu Anfang der nächsten Stunde tot aufgefunden? Klar, wenn ein sterblicher Junge sich so aufführen würde, wäre er der absolute Stalker. Bei einem Vampir aber hat dieses Verhalten überhaupt nichts Anstößiges! Im Gegenteil, es ist ein sicheres Zeichen für seine unerschütterliche Liebe zu dir!

Und trotzdem ist es ein beträchtlicher Unterschied, ob ihr hin und wieder mal miteinander ausgeht oder ob ihr eine richtige Beziehung anfangt. Wenn er erst mal dein ist, bringt das eine ganze Menge Verpflichtungen mit sich. Versteh mich nicht falsch: Diese Verpflichtungen können ziemlich reizvoll sein. Aber denk dran, die Beziehung beginnst du auf eigene Gefahr. Bist du bereit dafür?

Bist du bereit für die nächste Stufe?

Ihr seid jetzt seit ungefähr einem Monat zusammen und so langsam wird er zum ~~heiß~~ kaltblütigen Liebhaber. Er kommt zum Abendessen vorbei (du isst, er guckt zu) und du kannst seit Neuestem nicht mehr ohne Zahnseide, damit deine Eckzähne auch ganz sicher bis in die Ewigkeit halten. Doch existiert diese immerwährende Liebe bloß in deinem Kopf oder seid ihr wirklich kurz davor, die „Brangelina" unter den Untoten zu werden?

Mach den Test und finde heraus, ob dein Vampir und du das nächste Jahrhundert zusammen verbringen werdet oder ob du noch nicht mal bis zum nächsten Sonnenaufgang durchhältst. Welche Aussagen auf den untenstehenden Tafeln treffen am ehesten auf eure Beziehung zu?

Tafel A

Welche Aussagen treffen auf euch zu?

- Du spielst schon seit Wochen mit dem Gedanken, dir die extrawarmen Thermohandschuhe zu kaufen, die du bei einer Shoppingtour gesehen hast, damit dir bei all dem romantischen Händchenhalten auch immer warm ums Herz ist.
- Ihr küsst euch neuerdings nie länger als zehn Sekunden und meidet damit geflissentlich den Risikobereich. Wie romantisch!
- Du hast den „Ich esse mehr als mein Freund"-Komplex überwunden, den du bei euren ersten Dates hattest.
- Ihr kichert beide verschwörerisch, wenn er an der Kinokasse für einen Film ab achtzehn Jahren seinen Ausweis zeigen soll.
- Als du deinen Abschlussball verpasst, sagt er: „Sei nicht traurig: Es warten noch mindestens fünfhundert andere auf dich."

Tafel B
Welche Aussagen treffen auf euch zu?

- Seine Eltern sind noch immer überrascht, wenn du (lebendig) bei ihnen zu Hause auftauchst.
- Manchmal spricht er dich aus Versehen mit dem Namen seiner Exfreundin an (man sollte meinen, dass er ein Mädchen, das er vor drei Jahrhunderten kannte, langsam mal vergessen hätte).
- Das herablassende Starren deiner Katze ist dir vertrauter als sein bewundernder Blick.
- Ihr sprecht nie über die Zukunft – zum Beispiel darüber, wie das Leben im nächsten Jahrhundert wohl sein wird.
- Wenn du ihn spät in der Nacht anrufst, sagt er, er kann nicht lange reden, weil er „müde“ ist.

Die meisten Übereinstimmungen auf Tafel A

Tja, ihr müsst euch noch über ein paar Kleinigkeiten einig werden, wie zum Beispiel das Anstarren und das Stalking-ähnliche Hinterherschnüffeln … Aber das ist ja schließlich kein Beinbruch! Ihr versteht euch gut und es gibt Anzeichen bei euch, dass ihr durchaus gewillt seid, eine (verhältnismäßig) gesunde, (fast) normale, liebevolle Beziehung zu führen.

Die meisten Übereinstimmungen auf Tafel B

Wenn hauptsächlich Aussagen auf Tafel B auf euch zutreffen, wisch dir die weiße Schminke aus dem Gesicht und ab zur nächsten Pyjamaparty mit deinen früheren Freundinnen. Du musst dich wieder in die Welt der Sterblichen integrieren, bevor dein Name nur noch ein verblichenes Wort in seinem kleinen schwarzen Buch ist … oder auf einem verwitterten Grabstein.

Wenn du es bis hierher geschafft hast, sieht es fast so aus, als hättest du Aussichten auf was Ernstes mit deinem Vampir! Das Risiko könnte es wert sein. Es sei denn, dein Vampir ändert seine Meinung …

Der
Blutdruck
steigt

Ach, die junge Liebe! Seit Jahrhunderten habe ich sie nicht mehr erlebt und doch erinnere ich mich noch genau an das Hochgefühl, jemanden gefunden zu haben, der dich ein Stück auf deinem Lebens-/Todesweg begleitet. Nichts ist anregender als die langen Gespräche, die noch längeren Spaziergänge und das Gefühl, eine Sprache zu sprechen, die nur ihr zwei versteht. Daneben verblasst selbst die Ewigkeit. Da ist es nur normal, dass du nichts falsch machen willst, wenn du einmal den Richtigen gefunden hast.

Ich bin mir hundertprozentig sicher, dass ich deine Reaktion auf den Titel des letzten Unterkapitels erraten kann: „Vlad, was meinst du mit der nächsten Stufe?" Hier geht es nicht um irgendetwas Anrüchiges – etwas, was sterbliche Jungs im Sinn haben mögen, wenn sie dich anflehen, die Beziehung „auf die nächste Stufe" zu bringen. Nein, es geht um die allerwichtigste Form der Verbundenheit in einer Beziehung: die Seelenverwandtschaft. Menschen und Vampire sind sich in einer Hinsicht gleich: *Mit jemandem zusammen sein* und *jemanden lieben* ist nicht zwangsläufig dasselbe. Du musst nun die Gefilde des bloßen Zusammenseins hinter dir lassen und versuchen, in die höheren Sphären der Liebe vorzudringen.

Als Erstes ist dafür ein offenes Gespräch mit deinem Vampir angesagt, um sicherzugehen, dass keiner von euch sich mit anderen Leuten / Vampiren / Werwölfen usw. trifft. Du willst sicher nicht, dass er Hand (oder Zahn) an ein anderes Mädchen legt, und er toleriert keine Seitensprünge deinerseits mit Klassenkameraden oder irgendwelchen anderen übernatürlichen Geschöpfen, die auf Freiersfüßen daherkommen. Hier ist absolute Ehrlichkeit gefragt. Irgendwann ist er vielleicht nicht mehr so angetan von dem Gedanken, die Ewigkeit mit ein und demselben Mädchen zu verbringen, aber wenn eure Liebe sich bis dahin voll entfaltet hat, wird er zu sehr damit beschäftigt sein, sich die Lippen zu lecken, als dass er den Blick schweifen lassen könnte. (Versuch mal, deinen Blick schweifen zu lassen, während du dir die Lippen leckst. Du wirst sehen, das ist äußerst schwierig.)

Ich prophezeie dir: Seid ihr zwei tatsächlich ein Paar, willst du mit anderen nichts mehr zu tun haben und kannst einfach nicht verstehen, warum sie euch nicht in Frieden lassen. Diesem Drang musst du widerstehen. Eines Tages in ferner oder auch nicht ganz so ferner Zukunft wirst du deine Freunde und Familie noch brauchen, also lass sie nicht allzu häufig abblitzen. Außerdem musst du auch seine Freunde und Familie kennenlernen – eine sicherlich beängstigende Vorstellung, aber auch ein überaus wichtiger Schritt.

Alaric meinen Freundinnen vorstellen?!? Das soll ja wohl ein Witz sein! Er mag ja ein Vampir sein, aber meine Freundinnen sind die wahren Blutsauger. Die reißen sich doch sofort die Klamotten vom Leib und präsentieren ihre wohlgeformten Hälse. Wer ist denn schon scharf auf solche Konkurrenz?

Mandy, 15

Die Freunde meiner Exfreundin kennenzulernen, war die unvorstellbar langweiligste und einschläferndste Erfahrung der letzten 150 Jahre. Wir haben uns in einem Fast-Food-Restaurant getroffen, ich konnte also bloß dasitzen und dabei zusehen, wie ihre kleinen Freundinnen und deren Freunde sich mit totem Fleisch vollstopften. Die quäkende Hintergrundmusik war eine Beleidigung für meine Ohren und ich glaube, mein Geruchssinn war Wochen später noch nicht wieder derselbe. Sie wollten sich weder über die aktuelle Wirtschaftslage unterhalten, noch interessierten sie sich für die Politik in Osteuropa oder den Klimawandel. Nein, das Gespräch drehte sich einzig und allein um das „Spiel" nächste Woche. Unmöglich! Außerdem trugen ihre Freundinnen Oberteile, die so tief ausgeschnitten waren, dass ich trotz meiner eisernen Selbstbeherrschung nicht umhinkonnte, auf ihre Halsschlagadern zu starren.

Vigo, 346

Zehn Tipps für das erste Treffen mit seinen Freunden

Wenn dein Vampir dich seinen Freunden vorstellen will, dann ist das ein Zeichen dafür, dass er dich wirklich mag und nicht vorhat, sich in nächster Zeit an deinem Blut gütlich zu tun. (Vampire stellen ausschließlich feste Freundinnen vor, keine Kurzzeitaffären oder Zwischenmahlzeiten.) Trotzdem ist es von größter Wichtigkeit, einen guten Eindruck zu hinterlassen. Seine Freunde sind vielleicht nicht besonders begeistert von der Tatsache, dass er mit einer Sterblichen ausgeht, deshalb musst du ihnen mehr bieten als bloß eine appetitliche Halsschlagader. Hier einige hilfreiche Tipps:

1. **Atme ein paarmal tief durch** und versuche deinen Pulsschlag zu verlangsamen. Es gilt als unhöflich, sich einer Gruppe von Vampiren mit rasendem Puls zu nähern – das ist so, als würdest du deiner Freundin einen Muffin anbieten, nur um ihn dir dann selbst in den Mund zu stopfen.

2. **Sprich langsam.** Im direkten Vergleich mit ihrer indignierten Zurückhaltung würde dein angeregtes Plappern wie das Gekläff eines Chihuahuas wirken. Sprich mit tiefer, ernster Stimme und versuche auch noch die letzte Spur von Enthusiasmus daraus zu verbannen.

3. **Sei nicht gekränkt,** wenn die weiblichen Vampire sehr reserviert scheinen. Oder auch feindselig. Oder als würden sie dir am liebsten einen Strohhalm in den Hals rammen und dich wie ein menschliches Tetrapak ausschlürfen. Die Mädchen aus den Abschlussklassen hassen es, wenn einer ihrer Klassenkameraden mit einem jüngeren Mädchen von ihrer Schule ausgeht. Multipliziere das mit dreihundert (Jahren) und du wirst verstehen, warum Anastasia und Imogen nicht deine besten Freundinnen sein wollen.

4. Mach den Vampiren **Komplimente** über etwas, das nichts mit ihrem Aussehen zu tun hat. Sag Aemilius, wie gut dir sein Lautespiel bei der Talentshow gefallen hat. Oder erwähne Alastair gegenüber, dass du sein Engagement für die Bluter-Hilfe ungemein bewunderst.

5. Informiere dich vor eurem Treffen im Internet über **regionale Indie-Bands.** Vampire lieben alles, was sich im Untergrund abspielt, also sieh zu, dass du im Laufe des Abends den einen oder anderen Namen fallen lassen kannst.

6. **Ruhig Blut!** Du willst ja schließlich keine Opfer- oder Beutesignale aussenden. Steh gerade. Zappel nicht herum. Versuch nicht unkontrolliert zu blinzeln. Schluck nicht zu oft. Zuck bei lauten Geräuschen nicht zusammen. In gewissem Sinne hat ein Treffen mit einer Gruppe von Vampiren ziemlich viel von einer Begegnung mit einem hungrigen Grizzlybären: Am besten stellt man sich tot.

7. **Trag Schwarz.** Damit drückst du aus: „Ich bin total tiefsinnig und leide auch Megaqualen! Mein schwarzes T-Shirt spiegelt meine innere Finsternis. Oder war's die äußere …?" Im Zweifelsfall einfach düster gucken.

8. **Lach über alle Witze** – auch die über Menschen. Du willst schließlich nicht humorlos erscheinen!

9. **Gerate nicht in Verzückung.** Auch wenn du von göttlichen Körpern, perfekt verwuscheltem Haar und sinnlichen Lippen umgeben bist und sie dich mit unwiderstehlich hochmütiger Verachtung strafen – reiß dich zusammen!

10. Lenk das Gespräch auf den Tod und andere **bedrückende Themen.** Beispiel: „Das erinnert mich an die Nacht, als ich mit Emily Dickinsons Gedichten auf dem Friedhof saß und über die Unausweichlichkeit des Todes gegrübelt habe." Oder: „Hat jemand

Lust, mit mir zu dieser Seuchen-Ausstellung zu gehen? Ich hab gehört, dass man den Gesichtern der mumifizierten Leichen immer noch die Todesqualen ansieht."

Der Abend, an dem ich [meinen Freund] Tarquin meiner Familie vorgestellt habe, lief echt super! Sie hatten keine Ahnung von seiner „Sterblichkeitsbehinderung". Bevor er kam, hab ich noch schnell ein paar Kruzifixe weggeräumt und den gesamten Knoblauchvorrat weggeworfen. Dann hab ich Fleckchen, unseren Spitz, auf den Dachboden gesperrt – nur zur Sicherheit! Als Tarquin dann kam, hatte er tatsächlich das Outfit an, das ich ihm ausgesucht hatte. Das blaue Poloshirt brachte seine dunklen Augenringe wirklich tausendmal besser zur Geltung als sein schwarzer Umhang!

Meine Mom hatte Tarquin zum Abendessen eingeladen. Ich hab ihr erzählt, Tarquin würde gerade eine Entgiftungskur machen, von der er auf Gwyneth Paltrows Website gelesen hat, darum würde er nicht mitessen, sich aber trotzdem zu uns setzen. Fast wäre das Ganze schiefgegangen, als Dad fragte, auf welches College Tarquin gehen wollte. Tarquin meinte, er habe schon vier Magisterabschlüsse und zwei Doktortitel, aber zum Glück konnte ich schnell genug das Thema wechseln.

Nach dem Essen haben wir dann Pictionary gespielt. Zuerst ging alles gut, aber dann war Tarquin mit Malen dran. Nach ein paar Minuten fiel mir auf, dass er eine verstümmelte Leiche zeichnete, die aus einem Sarg hing. Ich hab gerufen: „Oh, so ein schönes Kanu, Tarquischatz!" und mir ganz schnell eine Geschichte ausgedacht, dass Tarquin im Sommer immer mit sozial benachteiligten Kindern Kanutouren unternimmt. Meine Eltern waren voll beeindruckt!

Emily, 17

Bist du bereit, deinen Vampir deiner Familie vorzustellen?

1. Wie verhält sich dein Vampir, wenn du von deiner Familie erzählst?

a) Er wirkt nervös oder verzieht angewidert den Mund.

b) Er ist interessiert und stellt Fragen.

c) Der Ausdruck auf seinem Marmorgesicht bleibt unverändert.

2. Welchen Satz hörst du von deinen Eltern am häufigsten?

a) „Was soll ich kochen, wenn dein neuer Freund zum Abendessen kommt?"

b) „Viel Spaß bei deinem Date, Liebes. Komm nicht zu spät nach Hause."

c) „Du bist seit Wochen nicht mehr zu Hause gewesen. Das war das letzte Mal, dass du dich mit diesem Jungen getroffen hast!"

3. Du machst dir Sorgen, was passiert, wenn er deine Schwester trifft, weil …

a) … die sich total zum Affen machen und auf Teufel komm raus mit ihm flirten wird.

b) … sie keine gemeinsamen Themen haben, über die sie sich unterhalten könnten.

c) … die einen viel hübscheren Hals hat als du!

4. Was hat er für ein Verhältnis zu seinen eigenen Eltern?

a) Sie stehen sich sehr nah – gemeinsam morden schweißt schließlich zusammen.

b) Sie verstehen ihren unglaublich süßen, komischerweise überhaupt nicht alternden, extrem durstigen Sohn einfach nicht.

c) Hat er denn überhaupt Eltern? Er hat sie jedenfalls noch nie erwähnt …

5. **Was könnte schlimmstenfalls passieren, wenn dein Vampir auf deine Eltern trifft?**
   a) Deine Eltern behandeln ihn wie einen minderjährigen Jungen, ohne seine offensichtliche Intelligenz zu bemerken. Oder, noch schlimmer, sie zeigen ihm peinliche Babyfotos von dir.
   b) Nicht viel. Mit seinem ausgeprägten Sinn für (sarkastischen) Humor hat er gleich alle auf seiner Seite.
   c) Was, wenn ihm herausrutscht, dass er dir jede Nacht beim Schlafen zusieht?

6. **Welches Wort mit L hat er bisher benutzt?**
   a) „Liebe", wie in: „Ich liebe es, wie du mich für meine Dichtkunst bewunderst."
   b) „Lecker", wie in: „Du siehst heute wieder unglaublich lecker … äh, hübsch aus."
   c) „Liebe", wie in: „Du bist meine große Liebe."

7. **Das Abendessen könnte in einer Katastrophe enden, weil …**
   a) … sich alle so gut verstehen. Normalerweise hassen deine Eltern deine Freunde.
   b) … dein Vampir sich nicht für den Pudding interessiert, den deine Mutter zum Dessert serviert, sondern sich direkt auf deinen kleinen Bruder stürzt!
   c) … dein Dad dich unverblümt fragt, warum du ihn gebeten hast, heute ausnahmsweise ohne Knoblauch zu kochen.

8. **Wie lange seid ihr schon zusammen?**
   a) Noch nicht so lange – erst seit ein paar atemberaubenden Treffen im Mondschein.
   b) Länger, als deine letzte Beziehung gedauert hat jedenfalls, aber auch (noch) nicht ewig.
   c) Seit ein paar lebensgefährlichen, aber aufregenden Monaten!

Auswertung

1	a=0	b=2	c=1
2	a=2	b=1	c=0
3	a=1	b=2	c=0
4	a=2	b=1	c=0
5	a=0	b=2	c=1
6	a=1	b=0	c=2
7	a=2	b=0	c=1
8	a=0	b=2	c=1

0 bis 5 Punkte:
Herzstillstand. Deinen Eltern gefällt es nicht, dass du so viel Zeit mit ihm verbringst und deinem Vampirfreund wird schon beim Gedanken an deine Familie schlecht. Was hast du dir bloß dabei gedacht, ihn deiner Familie vorzustellen? Ab jetzt solltest du kein Sterbenswörtchen mehr über deine Beziehung verlieren und dafür sorgen, dass das Thema totgeschwiegen wird.

6 bis 11 Punkte:
Schwacher Puls. Vielleicht ist dein Vampir zu besitzergreifend, als dass er die anderen Menschen in deinem Leben kennenlernen will. Vielleicht müssen auch deine Eltern sich erst noch an den Gedanken gewöhnen, dass du die Ewigkeit mit ihm verbringst. In jedem Fall solltest du noch ein bisschen warten, bevor du ihn zum Abendessen mit nach Hause nimmst. Gib ihm ein paar Monate (oder Jahrhunderte) Zeit und du wirst sehen, dann werden sich alle für die Idee erwärmen können. Oder kalt in ihren Gräbern liegen. Je nachdem.

12 bis 16 Punkte:
Kammerflimmern! Er ist bis über beide Eckzähne in dich verknallt und würde ganze Kontinente überqueren oder sich für dich mit einem Wolfsrudel anlegen … oder sich sogar bereit erklären, deine Eltern kennenzulernen. Und wenn es dann so weit ist, kannst du dich darauf verlassen, dass sein überirdisch gutes Aussehen und seine samtene Persönlichkeit sie verzaubern wird. Wer weiß, vielleicht heben sie ja sogar deine nächtliche Ausgangssperre auf!

Mein Pa war immer dagegen, dass ich mit Vampiren ausgehe. „Das sind nicht unseresgleichen! Vampire sollten sich mit Vampiren treffen und Menschen mit Menschen", sagte er, als er mir verbot, jemals einen mit nach Hause zu bringen. Dann brachte ich Viktor mit – bloß „ein Freund", natürlich. Pa verstand sich so gut mit ihm, dass sie in den Garten gingen und sich den Ball zukickten! Als ich Pa anschließend fragte, ob ich mich weiterhin mit Viktor treffen darf, meinte er: „Klar, der ist ja einfach spitze!" Anscheinend konnte er seine Vorurteile überwinden, nachdem er endlich einen Vampir hatte, dem er ein Gesicht zuordnen konnte – wenn auch nur ein blasses.

Laura, 17

Nach einem ewig langen, primitiven Kräftemessen im Garten mit Lauras Vater erwähnte ich noch ihrer Mutter gegenüber, dass meine Mutter eine ganz ähnliche Kommode hatte wie das antike Stück in ihrem Esszimmer. Und so plauderten wir über Antiquitäten aus dem 19. Jahrhundert, während Lauras Vater den Grill anfeuerte. Ich bestellte mein Steak extra-extra-blutig und ließ ihren Vater bei der „kleinen Partie Armdrücken" gewinnen, zu der er mich herausforderte. Sie verloren kein Wort über meine Eckzähne.

Viktor, 254

Zehn Dinge, die du vermeiden solltest, wenn du zum ersten Mal seine Familie triffst

Du kennst deine Familie, seit du auf der Welt bist. Aber seine Familie … nun, die war schon lange, lange vor dir da. Sie haben schon unzählige seiner anderen Freundinnen kommen und gehen sehen, oft noch bevor sie ihre Anwesenheit überhaupt richtig verdauen konnten. Hier eine Liste von Dingen, die du unter allen Umständen vermeiden solltest, wenn er dich seiner Familie vorstellt.

1. **Wenn du über aktuelle Ereignisse plaudern willst,** achte darauf, dass sich das Gespräch auf globaler Ebene bewegt. Lokale Neuigkeiten können oft unbeabsichtigt zu unangenehmen Situationen führen, wie hier: „Haben Sie von der Leiche gehört, die sie unten am Fluss gefunden haben?" Oder: „Haben Sie die Plakate über das vermisste Pferd gesehen, die in der ganzen Stadt verteilt sind?"

2. **Mach dich nicht über ihre ernsten Gesichter lustig.** Ich kannte mal ein Mädchen, das es wohl ungeheuer witzig fand, zu fragen: „Wer ist denn hier gestorben?" Und kurz darauf war die Antwort: sie.

3. **Achte darauf, bei Tisch Folgendes nicht zu erwähnen:** blutleer, kreuzunglücklich, Vollmond, deinen Cousin Rüdiger, Sonnenblumenöl, Vegetarier, Graf Zahl, Zahnstein.

4. **Wenn du zum Abendessen eingeladen bist,** bring ein Gastgeschenk mit. Nicht geeignet sind hierfür leider selbst gemachte Marmelade oder eine Flasche Wein. Denk eher in Richtung „Opferritual": Geh zum Schlachter und lass dir ein paar „Reste" einpacken. Ein schönes Schleifchen drum und schon freut sich die ganze Vampirmeute. Aber sei vorsichtig: Schenk ihnen nie etwas, das du nicht

selbst anrühren würdest. Denn wenn du ablehnst, etwas von deinem eigenen Mitbringsel zu kosten, könntest du leicht selbst als Hauptgang enden.

5. **Kleide dich konservativ.** Und solltest du irgendwo am Körper offene Schnitte oder Kratzer haben, klebe die Stellen mit Isolierband ab. Es sei denn, sie befinden sich in deinem Gesicht, dann solltest du drei Lagen Heftpflaster (unbedingt über Kreuz) darüberkleben.

6. **Sei nicht zu neugierig,** was „Geburts"-tag und -ort deines Vampirs betrifft. Unangemessene Fragen sind zum Beispiel: „Woher wussten Sie, dass Sie ausgerechnet ihn zum Untoten machen wollten?", „Wie war er so als Kind ... also, bevor Sie ihn gebissen haben?" und „Kinder werden ja so schnell erwachsen, stimmt's? Na ja, manche natürlich auch nicht."

7. **Frag nicht nach Familienfotos** – sie haben keine. Und wenn du unbedingt ein Erinnerungsfoto schießen musst, dann bitte wenigstens ohne Blitz.

8. **Frag deinen Vampir unbedingt vorher, wie seine Eltern angesprochen werden möchten.** „Mr und Mrs Lestat", sollte man meinen, aber es kann schließlich auch auf Sir und Madam, Monsieur und Madame, Graf und Gräfin, Zar und Zarin oder einfach nur Alex und Lissy hinauslaufen.

9. **Frag bei Geschwistern nie, wer älter und wer jünger ist,** denn das ist eine ziemlich komplizierte Sache. Und du willst am Ende schließlich nicht der Klarheit halber fragen müssen: „Wer von euch wurde zuerst getötet?"

10. **Trag keine Kleidung mit Bildern von Kätzchen, Hündchen, Ponys oder Blutwurst darauf.** Diese Regel sollte im Übrigen auch in der Welt der Sterblichen zur Selbstverständlichkeit werden.

Wenn ihr es erst einmal so weit gebracht habt, dass seine und deine Freunde und Familie mit eurer Beziehung einverstanden sind, könnt ihr euch eine Weile in traute Zweisamkeit zurückziehen. Wenn du im Hinblick auf eure Beziehung auf etwas Längerfristiges (und ich meine damit etwas *richtig* Langes) aus bist, musst du ihm zeigen, dass dabei nie Langeweile aufkommen wird und dass er dich im Jahr 2109 immer noch genauso lieben wird wie jetzt. Nicht, dass ich dich unter Druck setzen wollte …

Verliert er das Interesse?

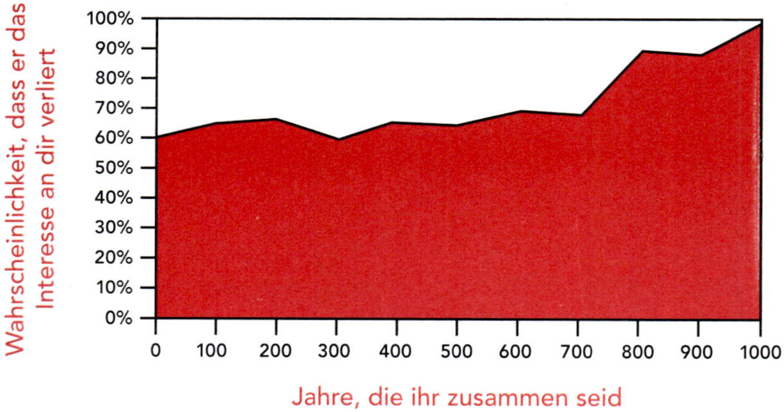

Wenn du nicht willst, dass sein Interesse irgendwann schwindet, musst du hart an dir arbeiten! „Aber Vlad“, höre ich dich nörgeln, „das ist ja ganz schön viel Arbeit!“ Tja, Prinzessin, wer hat denn behauptet, dass es eine leichte Angelegenheit wäre, einen Vampir zum Freund zu haben? Ich bestimmt nicht! Du hast dir in den Kopf gesetzt, das begehrenswerteste Junggesellenwesen der Schöpfung abzuschleppen – also tu gefälligst auch was dafür! Und stell dich darauf ein, dass du dir wohl zumindest ein paar neue Hobbys zulegen musst.

Das vampirfreundliche Zimmer

Hast du es satt, dass er immer wieder in seine Gruft entschwindet? Lock ihn zu dir nach Hause, indem du dein Zimmer vampirfreundlicher gestaltest. Bei der Auswahl der Dekoration kannst du außerdem wunderbar demonstrieren, dass du das Zeug zu einer idealen Vampirpartnerin hast.

Fenster

Wenn du darauf Einfluss nehmen kannst, sorge dafür, dass die Fenster von außen geöffnet werden können. Denn nichts ist für einen verliebten Vampir frustrierender, als nächtens zu seiner Geliebten zu eilen, um ihr ein (oder acht) Stündchen beim Schlafen zuzusehen, und vor verschlossenem Fenster zu stehen.

Bett

Vermeide dicke Federbetten, die den zarten, anregenden Klang deines Herzschlags dämpfen. Wenn du deinen Vampir dieses Vergnügens beraubst, kannst du ihn genauso gut mit Ohrstöpseln in die Oper schicken oder ihm die Nase zuhalten, wenn ihr an einem besonders grausigen Autounfall vorbeikommt.

Licht

Dimm das Deckenlicht und investiere in Kerzen, Kerzen und noch mal Kerzen. Das sanfte, flackernde Licht lässt dich tiefgründig und nachdenklich wirken, auch wenn du gerade versuchst dich zu erinnern, wo zum Teufel du dein iPod-Kabel gelassen hast.

Bücherregale

Die Bücher, die du liest, verraten eine ganze Menge über dich. Eine Ausgabe von *Romeo und Julia* zum Beispiel schreit: „Ich stehe total auf tragische, von vornherein aussichtslose Liebesgeschichten! Ein Hoch auf das unglückliche Ende voller Leid und Tod!“ Emily Brontës *Sturmhöhe* hingegen lässt verlauten: „Ich liebe stürmische Romanzen. Ich liebe dich! Nein, ich hasse dich! Ich suche dich als Geist heim, wart's nur ab! Komm, wir gehen ins Moor und mosern." Eine zerlesene Taschenbuchausgabe von Wildes *Dorian Gray* verheißt: „Männer, die ihre Seele für ewige Schönheit und Jugend verkaufen, schrecken mich nicht ab." Die Möglichkeiten, deinen Vampir auf diese Weise zu manipulieren, sind nahezu unbegrenzt.

Unordnung

Wenn du aufräumst, führ dir immer wieder das Bild einer natürlichen Höhle vor Augen. Je mehr dein Zimmer einer solchen Höhle gleicht, desto wohler wird sich dein Vampir dort fühlen.

Frische Luft

Denk dran, dass dein Vampir viel sensibler ist als sterbliche Jungs. Über dein Raumspray „Sommerbrise" wird er wahrscheinlich die Nase rümpfen und von deinem Vanilla-Chai-Lufterfrischer wird ihm ganz bestimmt speiübel. Wenn du willst, dass er so entspannt ist wie in einem finsteren Wald, versuch stattdessen lieber Düfte mit Moschusextrakten. Moder, Schimmel, feuchte Erde und verrottendes Laub sind essenzielle Komponenten der vampirischen Aromatherapie.

Spiegel

Du wirst ihm wohl oder übel glauben müssen, wenn er dir ein Kompliment für die sinnlich dunklen Ringe unter deinen Augen macht. Spiegel sind ein absolutes No-go, also ab auf den Sperrmüll damit!

Die ultimative Vampir-Playlist

Eine der schönsten Arten, deinem Vampir zu zeigen, dass du für immer und ewig mit ihm zusammen sein willst, ist es, ihm eine Playlist zusammenzustellen, die er bis in alle Ewigkeit hören und lieben wird. Folgende Songs eignen sich garantiert:

Annie Lennox, *Love Song for a Vampire*
Concrete Blond, *Bloodletting (The Vampire Song)*
Suzanne Vega, *Blood Makes Noises*
Ash, *Vampire Love*
Vampire Weekend, *I Stand Corrected*
Coldplay, *A Rush of Blood to the Head*
Fright Ranger, *Oh Oh Oh Sexy Vampire*
Editors, *Blood*
Bon Iver, *Blood Bank*
Jonny Greenwood, *There Will Be Blood*
Say Hi to Your Mom, *These Fangs*
Arcade Fire, *Vampire Forest Fire*
Razorlight, *Blood for Wild Blood*
White Lies, *To Lose My Life*
Marilyn Manson, *If I Was Your Vampire*
Tori Amos, *Blood Roses*
Kronos Quartet, *The Crypt*
The Bangles, *Eternal Flame*
Rob Pattinson, *Never Think*
Evanescence, *My Immortal* ●

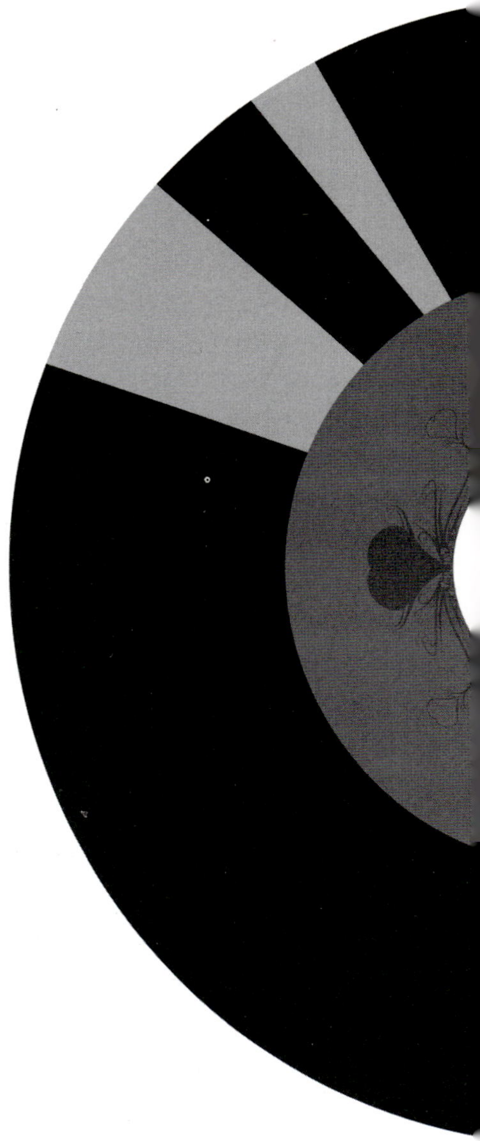

● *Dieser Song ist auch in der „Ministars"-Version erhältlich, falls dein Vampir auf so was steht …*

Heißes
Herz
und kalte
Schulter

Wie Blut neigt auch die Liebe bisweilen dazu zu verklumpen. Und ja, manchmal kann das fatal enden, vor allem, wenn du mit ganzem Herzen bei der Sache gewesen bist. In anderen Fällen löst sich der Klumpen einfach von selbst wieder auf – vorausgesetzt, du verhältst dich korrekt.

Vampirbeziehungen sind stets geprägt von Unsicherheit. Wenn du einen sexy melancholischen Vampir zum Freund haben willst, gehört es einfach dazu, dass du manchmal des Nachts wach liegst und dich fragst: Findet er meine Adern zu klein? Oder: Mag er meinen Geruch noch? Oder: Warum ruft er nicht an?

Aber mach dir keine Sorgen. Die Wege eines Vampirs sind unergründlich und es ist ganz normal, dass du unsicher bist. Im Folgenden werden ein paar vampirische Verhaltensweisen beschrieben, die solche Ängste in sterblichen Mädchen auslösen können. Wenn dich sein Verhalten des Öfteren in den Wahnsinn treibt, vergiss nicht: Es liegt nicht an dir, sondern daran, dass er ein Vampir ist!

Versteh deinen Vampir

Grübeln

Starrt dein Vampir oft mit trübem Blick ins Leere? Zeigt er keinerlei Reaktion auf deinen unglaublich spannenden Bericht über die Shoppingtour mit deiner besten Freundin? Gut! **Denn genau das tut ein glücklicher Vampir. Er brütet vor sich hin.**

Stalking

Ist dein Vampir ständig eifersüchtig und furchtbar besitzergreifend? Taucht er unerwartet auf, wenn du dich mit einem guten Freund unterhältst und jagt ihm mutwillig Angst ein? Ja? Großartig! Wenn sterbliche Jungs ein solches Verhalten an den Tag legen, deutet das meistens darauf hin, dass sie gestörte Idioten sind. **Aber wenn ein Vampir sich so verhält, heißt das, er liebt dich!**

Nicht essen

Er verzichtet nicht auf die Schwarzwälder Kirschtorte, weil er Stress hat oder sich Sorgen um seine schlanke Linie macht. Sondern weil er einfach *nicht isst*. **Er ist ein Vampir. Vampire trinken Blut. Langsam sollte das auch bis zu dir durchgedrungen sein.**

Kommunikation ist manchmal wie ein verzweigter Irrgarten im Dunkeln. Auch für ihn sind manche deiner Verhaltensweisen schwer zu verstehen. Gib ihm jede nur mögliche Unterstützung.

Wer bitte geht los, um bei einer Kuh seinen Durst zu stillen und kommt dann mit einem Glas Milch zurück?!? Ich werde die Menschen nie verstehen …

Armand, 203

Warum müssen Sterbliche eigentlich andauernd fragen, ob irgendwas nicht stimmt? Nichts stimmt nicht! Ich bin ein Vampir! Von mir erwartet man, dass ich reserviert und schlecht gelaunt bin.

Miklos, 182

Wenn Mandy nur nicht so fürchterlich laut atmen würde! Ein. Aus. Ein. Aus. Den ganzen Tag. Und ich kann nichts dagegen tun! (Obwohl, es gäbe da eine Möglichkeit …)

Alaric, 223

Ich erzähle ihr immer wieder, dass ich nichts für meine phänomenale Sehkraft kann. Das Problem ist nur, dass ich damit jede einzelne Pore auf Annikas Nase sehe und … na ja … das ist irgendwie ganz schön … widerlich.

Etienne, 118

Wann ist eine kalte Schulter mehr als nur eine kalte Schulter?

Es ist äußerst wichtig, zu differenzieren, ob dein Vampir lediglich von deiner Menschlichkeit genervt ist oder aber von dir als Person. Sieh den Tatsachen ins Auge: Du kannst nichts daran ändern, dass du ein Mensch bist, und außerdem muss ihm ja irgendetwas an deinem sterblichen Wesen gefallen haben, sonst hätte er sich schließlich gar nicht erst mit dir eingelassen. Wenn ihn also etwas stört, musst du was unternehmen, anstatt alles auf die Tatsache zu schieben, dass du eben nun mal ein atmendes, essendes, menschliches Wesen mit regelmäßigem Stuhlgang bist. Du hast das Gefühl, dein Vampir verliert das Interesse an dir? Dann mach schnell den unten stehenden Test und finde heraus, was du dagegen tun kannst.

- Wenn du dich mit ihm verabreden willst, starrt er zu Boden und murmelt etwas über einen Geometrie-Test, für den er noch lernen muss – für den Fall, dass ein paar neue geometrische Formen hinzugekommen sind, seit er das letzte Mal auf der Highschool war. **Trifft zu / Trifft nicht zu**
- Du eröffnest ihm, dass du fortan bei heruntergelassenen Rollläden und geschlossenem Fenster schlafen willst, und es scheint ihm nichts auszumachen. **Trifft zu / Trifft nicht zu**
- Er greift nach seinem Handy und ruft erschrocken: „Was? Das Haus brennt, der Hund ist in einen Brunnen gefallen und du kannst die Fernbedienung für den Fernseher nicht finden? Ich bin in einer Sekunde bei dir!", obwohl du es gar nicht hast klingeln hören … **Trifft zu / Trifft nicht zu**
- Wenn du mit ihm einen romantischen Friedhofsspaziergang machen willst, lädt er seine Freunde dazu ein. **Trifft zu / Trifft nicht zu**
- An seinem Kragen entdeckst du das Blut einer anderen. **Trifft zu / Trifft nicht zu**
- Wenn du das Thema Ewigkeit auf den Tisch bringst, fängt er an, von einem Solo-Urlaub zu reden, denn er muss unbedingt mal wieder

seine Urururururururgroßmutter in Prag besuchen. **Trifft zu / Trifft nicht zu**

- Er schenkt dir einen iPod, auf dem die Lieder *Born to run*, *Miss Independence* und – in auffallend schlechter Qualität – *You're Too Sexy For Your Vampire* sind. **Trifft zu / Trifft nicht zu**
- Dein Vampir schreibt dir nur noch SMS, statt dich anzurufen oder mal persönlich längszufliegen. **Trifft zu / Trifft nicht zu**
- Er weigert sich, in der Öffentlichkeit mit dir Händchen zu halten, weil deine Hand „zu warm" ist. **Trifft zu / Trifft nicht zu**
- Letzte Woche hat er dir ein Buch mit dem Titel *Der Weg aus der Gruft: 100 Tipps und Tricks für vampirmüde Mädchen* geschenkt. **Trifft zu / Trifft nicht zu**

Auswertung

Wenn du bei den meisten Punkten „Trifft zu" angekreuzt hast:
Tja, eure Beziehung ist so gut wie am Ende. Mach einen Haken (oder besser ein Kreuz) dran. Hattest du vielleicht manchmal eine Knoblauchfahne? Hast du rosa T-Shirts getragen oder ihm gesagt, dass du auch sehr wohl selbst in der Lage bist, schwere Gegenstände zu heben? Vermeide ab sofort jedes Anzeichen von Unabhängigkeit und entferne alles, was Vampire vertreibt. Wird es auch dann nicht besser, musst du der Beziehung den Todesstoß geben (siehe dazu den letzten Abschnitt).

Wenn du bei den meisten Punkten „Trifft nicht zu" angekreuzt hast:
Bist du sicher, dass du immer ehrlich geantwortet hast? Süße, das an seinem Kragen war kein Schokofleck … Immer noch sicher? Gut, dann fang schon mal mit den Zukunftsplanungen an – er denkt da an was Ewiges! Du kannst ein bisschen mehr die Verletzliche raushängen lassen, um den ganzen Prozess etwas zu beschleunigen, aber er ist offenbar auch so bereit, dich in nicht allzu ferner Zukunft zu verwandeln!

Gesagt – Gemeint

Du willst ganz sichergehen, dass in eurer Beziehung alles in Ordnung ist? Nun gut, hier die offizielle Erlaubnis, ausnahmsweise mal jedes Wort, das über seine vollendet schönen, blutroten Lippen kommt, auf die Goldwaage zu legen. Manchmal ist er überraschend direkt (z. B. „Ich werde dich bis in alle Ewigkeit lieben" oder „Es ist an der Zeit für mich, dich zu töten … und zwar richtig"). Und dann wieder ist dir die Bedeutung seiner Worte nicht ganz klar. Du kannst dich also glücklich schätzen, einen Vampir wie mich an deiner Seite zu haben, der dir wieder mal alles haarklein erklärt.

Er sagt: „Ich hab so einen Durst."
Er meint: „Ich möchte mich auch mit anderen Mädchen treffen – oder zumindest von ihnen trinken. Denn wenn mir nach einem langen Zug aus *deiner* Halsschlagader wäre, würde ich dir nicht erst erzählen, dass ich Durst habe, sondern ich würde ihn stillen."

Er sagt: „Du bist so schön wie das Mondlicht."
Er meint: „Ich bin ein Gentleman und halte mich vornehm zurück … aber am liebsten würde ich dich abschlachten wie ein Schwein."

Er sagt: „Du bist mein Sonnenschein."
Er meint: „Mädel, du machst mich echt fertig. Ich brauch mal ein bisschen Zeit für mich. Und zwar sofort!!"

Er sagt: „Ich hab kalte Füße."
Er meint: „Alles in Ordnung. Lass uns einfach genauso weitermachen wie bisher."

Er sagt: „Hast du dir jemals gewünscht, ich wäre ein Werwolf?"
Er meint: „Manchmal, bei Vollmond, plagen auch mich Selbstzweifel. Zeig mir deutlicher, dass du mich liebst."

Vampir-Romantik

Du musst nun unbedingt herausfinden, ob dein Vampir ein echter Romeo ist oder doch nur ein Schmalspurcasanova. Auf den nächsten Seiten erfährst du, ob das Herz deines Vampirs für dich schlagen würde (wenn es das denn könnte). Was tut dein Vampir, um dir seine unendliche Liebe zu beweisen?

Er sieht dir beim **Schlafen** zu.

Du bist seine (fleischfarbene) Rose und er verbringt jede freie Minute damit, dem Lied deines fließenden Blutes zu lauschen – selbst wenn du schläfst. Also: kein Schnarchen, kein übler Mundgeruch am Morgen und kein Kratzen an peinlichen Stellen.

Er macht dir **Geschenke.**

Was nur wenige über Vampire wissen: Sie sind *steinreich* (besonders, wenn sie vom alttranssilvanischen Adel abstammen). Die Chancen stehen gut, dass auch dein Vampir in Geld schwimmt. Manchmal, an sehr heißen Tagen, nimmt er tatsächlich ein erfrischendes Münzbad.

Er **kuschelt.**

Du brauchst: Zwei menschen-/vampirgroße Kissen (sein Körper ist steinhart), eine Thermodecke (seine Haut ist eiskalt), zwei Heizkissen (für jeden Fuß eins), eine Wollmütze. Jetzt darf's gemütlich werden!

Er schreibt dir **Balladen.**

Wahrscheinlich war er mit Heine befreundet – seine Sprache ist so hinreißend altertümlich. Er redet von Oheimen, Kleinoden und Labsalen. Wenn du also dein sterbliches Leben mit der Vergänglichkeit eines Sonnenuntergangs verglichen wissen willst, bleib dran! Bonuspunkte gibt's, wenn er auch noch zur Gitarre greift!

Er **tötet** andere Leute.

Er hat Hunger, aber auch Anstand. Also saugt er nicht dich, sondern lieber deine Feinde aus!

Er verbringt seine Zeit mit dir.

Er folgt dir zur Schule und sieht dir die ganze Nacht beim Schlafen zu. Ob du aufwachst oder einschläfst – er ist da. Du musst sogar um Erlaubnis fragen, um allein zur Toilette zu gehen? Was willst du mehr? Das bedeutet, ihm liegt wirklich und wahrhaftig was an dir!

Er fliegt mit dir durch die Lüfte.

Der Wind heult, der Boden tief unter dir dreht sich. Dir ist kalt und auch ein bisschen schlecht, aber deine Freundinnen sind *super*neidisch! (Anmerkung: Es könnte zu Komplikationen kommen, sollte er sich während des Fluges in eine Fledermaus verwandeln.)

Er spricht von Ewigkeit.

Du dachtest, die Ewigkeit miteinander zu verbringen, wäre eine unsagbar romantische Angelegenheit. Stattdessen ist er bei den Planungen überraschend pragmatisch. Statt von einer gemütlichen kleinen Gruft tief im Wald redet er von Schlupflöchern vor der Erbschaftssteuer.

Er führt dich zum Essen aus.

Es gibt nichts Langweiligeres für einen Vampir, als in einem Restaurant zu sitzen. (Es sei denn, der Kellner hat Snack-Potenzial.) Es ist also etwas ganz Besonderes, wenn er dich zum Essen ausführt. Menschliches Essen ist einfach nicht so seins. Und Small Talk auch nicht. Und Menschenmengen machen ihn ganz fertig. Ich hoffe also, du weißt diese Geste zu würdigen!

„Aber Vlad", höre ich dich jammern, „wie soll ich je mit einem so unfehlbaren, großherzigen Vampirfreund mithalten können? Ich kann ihn nicht huckepack nehmen und ihn mit Überschallgeschwindigkeit zur Schule bringen. Ich kann nicht seine Feinde töten (weil die ja schon tot sind). Ich hab wirklich Angst, dass er mich für unromantisch hält!"

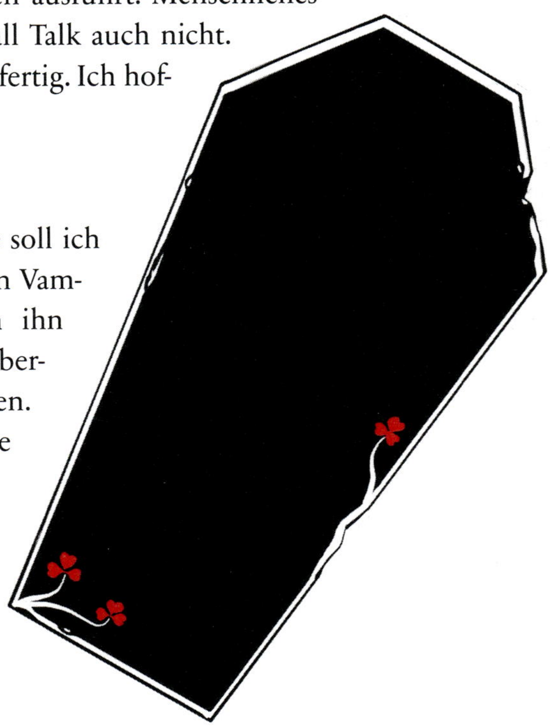

Nun ja, diese Angst ist durchaus begründet. Aber kein Grund für solches Gejammer! Es gibt da immer noch ein paar Dinge, die du selbst mit den eher beschränkten Möglichkeiten eines menschlichen Körpers und Geistes zustande bringen dürftest:

Überrasche ihn, indem du ihm einen Stapel Sudoku-Hefte draußen auf die Fensterbank legst, damit er sich die Zeit vertreiben kann, während du schläfst.

Nimm eine leere Schachtel Pralinen und füll die Fächer mit kleinen mundgerechten Portionen deines Blutes. Für ein bisschen Abwechslung auf Geschmacksebene achte darauf, jedes Mal etwas anderes zu essen, bevor du dir in den Finger pikst. Du willst dich ihm von deiner scharfen Seite zeigen? Schluck ein paar Löffel voll Tabascosoße. Jetzt willst du an seinen süßen Zahn appellieren? Her mit dem Honigglas!

Stelle eine Petition gegen Knoblauch: Verzehr und Verarbeitung der Knolle sollen in sämtlichen Supermärkten und Restaurants der Stadt verboten werden.

Schlafe tagsüber und bleib die ganze Nacht mit ihm auf. Klar, deine Noten werden in den Keller gehen und du verlierst alle deine Freunde. Aber was macht das schon, wenn dir dafür das Tor zur Unsterblichkeit offen steht? Deine Augen werden sich an die Dunkelheit gewöhnen – genauso wie dein Herz.

Lern eine neue Fremdsprache, wie zum Beispiel Rumänisch! Oder, falls dir dafür mal wieder jegliche Begabung fehlt, lern wenigstens nützliche Alltagsphrasen wie „Beiß mich", „Für immer dein", „Blutig, bitte" oder „Wow, hast du aber scharfe Zähne!".

Schreib ihm ein Gedicht! Wenn du dafür Hilfe brauchst: Auf der nächsten Seite findest du einen Leitfaden.

Dichten für Vampire – leicht gemacht!

Dein ganz persönliches Lückenfüll-Gedicht

Schreibe in jede Lücke das Wort, das deinen auserwählten Blutsauger am besten beschreibt, und in wenigen Minuten bist du Urheberin eines romantischen Gedichts, das er mit Sicherheit für immer über seinem funktionslosen Herzen tragen wird (oder zumindest so lange, bis dein Verwesungsprozess einsetzt).

Liebster ____________________,
Name deines Vampirs

Ich liebe deinen Körper, so ____________________ *und hart,*
glitzernd, eisern, durchtrainiert

Deine Haut ist so ____________ *und du hast keinen Bart.*
kalt, eisig, frostig

Bis in die Ewigkeit will ich deinen ____________________ *Atem trinken,*
minzigen, frischen, blumigen

Also beiß mich, denn ich will mit dir in Unsterblichkeit versinken!

Schenkst du mir einen Blick, so ______________ *mein Herz vor Glück*
hüpft, jauchzt, lacht

Nimm mein ____________________ *Blut, für mich gibt's eh kein Zurück.*
süßes, leckeres, fruchtiges

Do-it-yourself-Vampir-Gedicht

Für den Fall, dass du selbst zur Feder greifen willst, gibt's hier ein paar hilfreiche Reimtipps.

Vampir
Gier, Zier, Klavier, Kavalier, Fledertier, kein-Blut-vor-vier

Blut
Hut, Glut, Höllenbrut, Schwermut, Skorbut, Tollwut, Bestattungsinstitut

kalt
steinalt, Nachtgestalt, Lebensinhalt, total verknallt, wohlgestalt, Zwiespalt, Ich-glaub-ich-steh-im-Wald

Zahn
Blutbahn, Liebeswahn, Clan, Urahn, Titan, Kasachstan

Nacht
Ohnmacht, althergebracht, Pracht, Kissenschlacht, Segeljacht, Niedertracht, Nimm-dich-in-Acht!

untot
blutrot, devot, Käsebrot, Bis(s) zum Abendrot, Schockschwerenot!

Fledermaus
Graus, Saus und Braus, Leichenschmaus, Jetzt-ist's-aus!

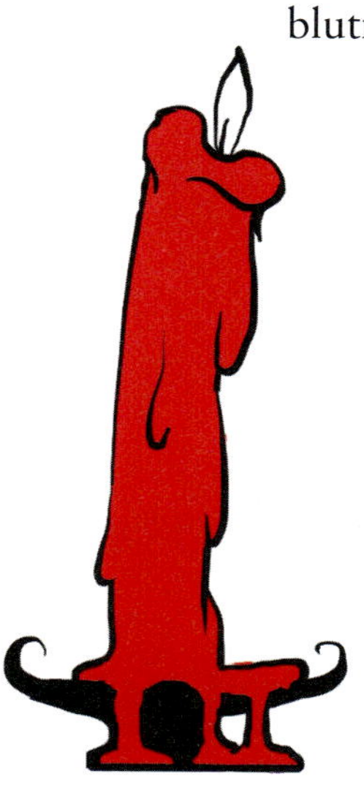

Feiertage mit einem Vampir

Das Feierliche an einem Feiertag besteht für deinen Vampir mit großer Wahrscheinlichkeit darin, sich bis obenhin volllaufen zu lassen. Mit Blut. Hier ein paar Tipps, wie du die Feiertage mit dem untoten Mann deiner Träume angemessen zelebrieren kannst!

Silvester

Hier sollte von dem Brauch, das neue Jahr „einzuläuten“, abgesehen werden, denn das schrille Klingeln könnte dazu führen, dass du um Mitternacht ziemlich alleine dastehst, während er sich grummelnd auf den nächsten Friedhof verzieht. Wir empfehlen, für diesen Tag keine aufwendige Feier zu planen. Dein Vampir würde bloß daran erinnert, wie alt er ist, und wahrscheinlich noch mehr als sonst in Schwermut versinken.

Ostern

Das Osterfest stellt den Vampir vor besondere Herausforderungen, was nicht zuletzt auf die Tatsache zurückzuführen ist, dass an diesem Tag die Auferstehung Jesu gefeiert wird – für einen Untoten ein heikles Thema –, aber auch Osterglocken und -kreuze machen die Sache nicht einfacher. Das Einzige, was den Tag jetzt noch retten kann, ist ein flauschiges Osterlamm: Das frische Blut wird ihn bei Laune halten!

Wintersonnenwende

Was ist besser als Weihnachten und Geburtstag zusammen?! Klar: Die längste Nacht des Jahres! Und mit wem ließe sich diese Feierlichkeit besser begehen als mit einer waschechten Nachtgestalt? Achte darauf, ausreichend Koffein in Reichweite zu haben, denn ihr werdet die ganze Nacht lang in Schwermut und Düsterkeit schwelgen!

Allerheiligen

Die Geister erheben sich aus ihren Gräbern und sicher kommt auch seine (leibliche und bereits vor einer ganzen Weile verstorbene)

Familie zum festlichen Abendessen. Sie werden nicht viel zu sich nehmen, darum ist es umso wichtiger, dass die Deko einiges hermacht. Da du bei der Einrichtung mittlerweile hoffentlich auf eine vampirgerechte Ausstattung achtest, musst du nur noch ein paar kleine Raffinessen wie Spinnweben und einen leichten Nebelhauch hinzufügen – und schon werden sich eure Gäste wie zu Hause fühlen. Zur Unterhaltung solltest du außerdem ein paar thematisch passende Partyspiele bereithalten! „Wer hat Angst vorm Sensenmann?" wird immer wieder gern gespielt.

Mittlerweile dürfte dir klar geworden sein, dass, egal, wie viel Mühe du dir bei etwas gibst, ein Vampir es viel, viel besser kann – ob es dabei nun ums Dichten geht, ums Apfeltauchen oder darum, atemberaubend auszusehen. Du wirst immer die Fleischfrikadelle neben seinem *Filet mignon* sein, das herkömmliche Toilettenpapier neben seinem Charmin.

Aber kein Grund zum Verzagen, denn es gibt eine Disziplin, in der Menschen ihren unsterblichen Brüdern und Schwestern tatsächlich überlegen sind: *Handarbeit!* Da beißt die Fledermaus keinen Faden ab. Also, schnapp dir eine Nadel und präsentier dich ihm von deiner künstlerischen Seite. Er wird es sich zwei Mal überlegen, ob er dich gegen etwas Besseres eintauscht, wenn du seinen Sarg erst mal in ein kuscheliges Wohlfühlparadies verwandelt hast.

Keine Panik: Es gibt eine Menge Formen der Handarbeit, die dich nicht allzu sehr davon abhalten werden, dich von ihm beim Schlafen beobachten zu lassen oder dich in gefährliche Situationen zu manövrieren. Deinen eigenen Stoff zu weben dürfte etwas schwierig werden, es sei denn, du trittst regelmäßig als Weberin auf Mittelaltermärkten auf. Auch der liebevoll selbst gestrickte Pullover braucht seine Zeit. Aber schon ein kurzer Besuch im Bastelladen kann dich in den Besitz von Garn, Stoff und Nadeln bringen – und schon hast du alles, was du für ein romantisches Stickbild brauchst. Positiver Nebeneffekt: Beim Nähen kann er deine zarten Hände bewundern, vielleicht wird deine Mühe gar mit einer Ballade über deine anmutigen Knöchel belohnt!

Vampir-Kreuzstich

Es ist ein Kreuz mit all den Kreuzen. Hier nun endlich eines, bei dessen Anblick er nicht gleich zu Staub zerfällt: der Kreuz*stich*! Fädle Garn in eine Sticknadel und leg los. Auf dem unten abgebildeten Stickmuster steht ein X für einen Kreuzstich.

Ob dein Vampir dir nun sein eiskaltes Herz zu Füßen legt oder dein Blut noch so köstlich duftet, ob er sich für deine Dichtkunst interessiert oder deine Stickbilder – das alles ist keine Garantie dafür, dass er nicht früher oder später doch das Interesse verliert. Und wenn du das Gefühl hast, dass das Feuer seiner Liebe langsam erlischt, ist es an der Zeit für drastischere Maßnahmen.

Mein Vampirfreund liebt es, mich zu retten – das ist eines seiner größten Hobbys. Und wenn ich das Gefühl habe, dass er sich in unserer Beziehung ein bisschen langweilt, stolpere ich einfach „zufällig" vor einen 20-Tonner und warte darauf, dass er mir zu Hilfe eilt. Das wirkt jedes Mal Wunder!

Jana, 16

Ich hatte seit fünf Jahren keine Kirche mehr von innen gesehen. Also rief ich Oma an und fragte, ob ich mit ihr am nächsten Samstag in den Abendgottesdienst gehen dürfte. Sie wäre beinah in Ohnmacht gefallen, aber das ist eine andere Geschichte. Viel wichtiger ist, dass es meinen Vampir fast in den Wahnsinn getrieben hat. Er so: „Das kannst du mir nicht antun!", und ich so: „Jetzt lass mal die Kirche im Dorf, so schlimm ist das doch auch nicht." (Super gekontert, oder?!) Während des Gottesdienstes konnte ich ihn dann die ganze Zeit um die Kirche fliegen sehen und sein Schatten fiel total cool durch die bunten Fenster. Das war superromantisch! Und ich sag euch, danach war er mal heiß auf mich … Ich kann nur empfehlen, auch mal eure spirituelle Seite zu erforschen, wenn ihr ihn so richtig wild machen wollt.

Kim, 15

Zeit für dich selbst

Nichts ist so erfrischend, wie sich einfach mal ein bisschen Zeit für sich selbst zu nehmen. Denn vergiss nicht, wenn du nicht ausgeruht, entspannt und gesund bist, wie soll dein Vampir dann kapieren, dass du ganz offensichtlich die Frau seiner untoten Träume bist? Keiner will eine Maulende Myrte um sich haben, also verbring einfach mal ein bisschen Quality-Time mit einem ganz besonderen Menschen: mit dir selbst! Vergiss nicht, dass ein bisschen Abwesenheit (in geringen Dosen verabreicht) sein eisiges Herz höherschlagen lassen würde – wenn er nur einen Puls hätte. Nimm dir also ruhig etwas Zeit für dich und du wirst sehen, am nächsten Tag wird er dir nicht von der Seite weichen!

Einfach mal abschalten

Nach all den Nachtschichten fühlst du dich schon selbst wie ein Zombie? Entspann dich bei einer Tasse Kräutertee (heute geht's auch mal ganz ohne Koffein!), sanfter Musik und einem angesagten Vampirschmöker. Keine zwei Minuten und du bist eingeschlafen, wetten? Und rate mal, wer dann ganz bestimmt fliegenden Fußes an dein Fenster eilt … Darauf solltest du natürlich auf jeden Fall vorbereitet sein, also lass den ausgeleierten Schlafanzug im Schrank!

Planung ist alles

Jetzt warst du so viele Monate nur mit planen, organisieren und aufbrezeln beschäftigt – wie wär's, wenn du nun ein bisschen Energie statt des ewigen Koffeins tankst? Geh einfach mal aus und sei spontan! Aber natürlich nicht *zu* spontan. Trag auf jeden Fall ausreichend Sonnenmilch auf und zieh was Hochgeschlossenes an. Dann noch den großen Strohhut, und vergiss bloß nicht die Sonnenbrille! Und jetzt nichts wie ~~rein~~ raus ins Vergnügen!

Triff dich mit Freunden

Erinnerst du dich an die Leute, mit denen du vor langer, langer Zeit mal deine Tage verbrachtest? Vielleicht habt ihr euch im Unterricht heimlich Briefchen geschrieben oder mittags zusammen in der Cafeteria gesessen oder ihr habt euch jedes Wochenende im Café getroffen. Mit größter Wahrscheinlichkeit gibt es diese Menschen noch und sie fragen sich bereits, wo du in letzter Zeit abgeblieben bist. Also, geh doch einfach mal wieder ans Telefon oder check ein paar Online-Profile. Bestimmt kennst du mittlerweile ein paar Läden, in denen es superstylishe Vintage-Korsagen gibt. Vielleicht hat deine beste Freundin (wie auch immer die noch mal hieß) ja Lust auf einen kleinen Einkaufsbummel.

Eine Nacht nur für dich

Mit einem Vampir zusammen zu sein, kann ganz schön schlauchen. Er ist der Inbegriff körperlicher Perfektion, aber Sterbliche müssen eben hart arbeiten, um genauso gepflegt zu wirken. Und wenn ihr euch jede Nacht seht, wird der Druck, jederzeit perfekt auszusehen, immer größer. Nimm dir mal eine Nacht frei! Ziehe die Vorhänge zu, nur für den Fall, dass er dich von draußen beobachtet und nimm erst mal ein langes, heißes Bad. Gönn dir eine Pediküre und lackiere deine Fußnägel in einer anderen Farbe als deine Fingernägel. Leg eine Avocadomaske auf, ohne Angst haben zu müssen, dass er dein grünes Gesicht sieht. Lies ein paar Zeitschriften, die er nicht mag, oder schmöker in einem Anne-Rice-Roman – er wird es nie erfahren! Zünde Duftkerzen an, die zu stark für seinen übermenschlichen Geruchssinn sind und ziehe deinen kuscheligsten Pyjama an (es darf auch ruhig der alberne mit den Bärchen drauf sein).

Dinge, die du nicht tun kannst, wenn er dabei ist

Gurgle mit Weihwasser, wenn dir danach ist – heute gibst du ihm keinen Gutenachtkuss! Die Halskette mit dem Kreuz? Trag sie! Knoblauchpizza? Immer her damit! Knibbel dir die Pflaster ab und lüfte all deine Kratzer und Schnitte. Mach die Vorhänge auf und lass die Sonne rein. Genieß deine Sterblichkeit – solange sie dir noch bleibt.

Beziehungsmantras

Eine Beziehung mit einem Vampir kann auf Dauer ziemlich anstrengend sein. Aber Kopf hoch, Sterbliche! Probier mal die unten stehenden Mantras aus, um die negativen Gedanken, die dich auf Dauer vielleicht quälen, zu vertreiben.

Bei allgemeinen **Minderwertigkeitskomplexen**

Ich bin nur ein schwacher Mensch.
Er darf nicht zu viel von mir erwarten.
Ich bin nur ein schwacher Mensch.
Er darf nicht zu viel von mir erwarten.

Wenn sein **Interesse** schwindet

Vielleicht macht er ja erst in einer Woche Schluss!
Vielleicht macht er ja erst in einer Woche Schluss!

Wenn du um dein **Leben** fürchtest

Mein Blut schmeckt fies!
Mein Blut schmeckt fies!

Wenn ihr erst mal länger zusammen seid, kommt zwangsläufig irgendwann das Thema Ewigkeit auf. Welch ein Glück für dich, dass es außerdem auf den folgenden Seiten behandelt wird!

Nur die
(ewige) Liebe
zählt

Es gibt gute und schlechte Zeiten, aber mal unter uns: Die Ewigkeit dauert ganz schön lange. Glaub mir, ich weiß, wovon ich spreche. Ihr Sterblichen habt es da viel leichter. Wenn ihr sagt: „Bis dass der Tod uns scheidet“, geht es dabei um fünfzig Jahre, wenn's hochkommt. So lange warten wir Vampire manchmal schon auf einen Zahnarzttermin. Wenn du sagst, dass du auf immer und ewig bei einem Vampir bleiben willst, dann heißt das auch auf immer und ewig. Zuvor solltest du die Vor- und Nachteile der Unsterblichkeit daher gründlich gegeneinander abwägen.

Pro und Kontra des Vampirlebens

Pro

Du erlebst es selbst mit, ob die Welt der Zukunft wirklich so aussieht wie in WALL-E.

Du bist das heißeste Mädchen der Schule (sogar heißer als Yasmin, die blöde Kuh, mit ihrer so was von operierten Nase).

Natürlich minzfrischer Atem. Überleg nur, wie viel Geld für Odol du sparst.

Einser-Garantie. Spätestens, wenn du zum fünften Mal in die Oberstufe kommst.

Du musst nicht mehr nett zu Leuten sein, die du nicht magst. Arroganz ist jetzt nicht nur erlaubt, sondern geradezu ein Muss!

Kontra

Selbst wenn du für immer das heißeste Mädchen der Schule bist – Yasmin ist dann nicht mehr am Leben, um neidisch auf dich zu sein.

Weißt du noch, wie leid du den ewigen Wackelpudding warst, als sie dir die Weisheitszähne gezogen haben? Dann stell dir jetzt mal vor, wie es ist, die nächsten 3000 Jahre lang nichts als Blut zu trinken.

High School Musical 81

Du musst zusehen, wie alle gefährdeten Tierarten aussterben. Kannst du wirklich in einer Welt ohne philippinisches Pustelschwein leben? Nein? Dachte ich mir schon.

Die Céline-Dion-Mottoshow bei DSDS wird beim zweihundertvierzehnten Mal auch nicht unbedingt interessanter.

Bist du bereit, zum Vampir zu werden?

1. **Wie eng ist eure Beziehung?**
   a) Er schreibt jede Nacht Sonette darüber, wie das Sternenlicht auf deinen Augenlidern schimmert.
   b) Alles okay. Du kannst schließlich nichts dafür, dass du kein Wort verstehst, wenn er anfängt, Mittelhochdeutsch zu sprechen – was er ungefähr die ganze Zeit tut.
   c) Wahnsinnig eng! Er vergöttert dich und seine Familie tut es auch. Du findest es richtig süß, dass sein kleiner Bruder in dich verknallt ist, auch wenn es etwas lästig ist, dass er dauernd versucht, dich zu beißen.

2. **Wie viele Abende pro Woche sitzt dein Vampir draußen vor deinem Fenster?**
   a) Jede Nacht – es sei denn, er kommt rein und du schläfst in seinen kalten Armen.
   b) Du siehst ihn ab und an da draußen rumhocken.
   c) Jede Nacht – es sei denn, er ist unterwegs und jagt nach weniger anbetungswürdigen Opfern.

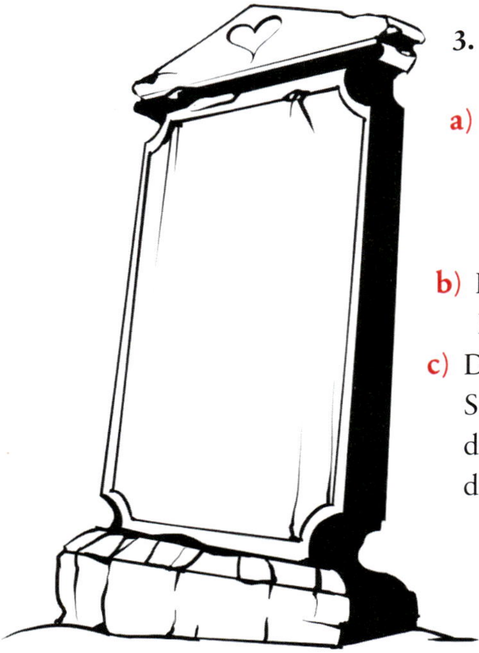

3. **Was stört dich an eurer Beziehung am meisten?**
   a) Dass er Blut trinkt, sein transsilvanischer Akzent, die ewige Melancholie, dass du nicht mit deinen Freunden an den Strand fahren und die Sonne genießen kannst …
   b) Dass er ein Nachtmensch (äh, -unmensch?) ist. Du musst dein ganzes Geld für Red Bull ausgeben.
   c) Du findest es schrecklich, dass du schlafen, zur Schule gehen, essen und so tun musst, als würdest du ein normales Leben führen. Dabei willst du doch jede Minute mit deinem Vampir verbringen!

4. Wie sehen deine Pläne für die nächsten Jahre aus?

a) Zur Untoten werden und mit deinem scharfen Freund zusammenbleiben … für immer!

b) Mit deinem Vampirfreund abhängen und Mitternachtsspaziergänge unternehmen. Und möglichst nicht den bösen Vampiren zur Beute fallen, die dir nach dem Leben trachten.

c) Deinen Schulabschluss machen, zur Uni gehen und in den Ferien in der Eisdiele um die Ecke jobben.

5. Was fändest du am schlimmsten am Vampirdasein?

a) Diese Bluttrinkerei ist ein klitzekleines bisschen eklig.

b) Nichts, das dein Freund macht, könnte irgendwie schlimm sein. Vampire sind wunderschön und so unaussprechlich romantisch!

c) Sich nicht im Spiegel sehen zu können, nicht raus in die Sonne gehen zu können, Blut zu trinken, andauernd Gedichte schreiben zu müssen … Soll ich weitermachen?

6. Warum willst du zum Vampir werden?

a) Das fragst du dich allmählich auch schon. Blut zu trinken und Menschen umzubringen verdirbt einem irgendwie den ganzen Spaß daran.

b) Was für eine Frage – wegen allem! Perfekte Haut, tolle Klamotten, zauberhafte alte Schlösser und die Ewigkeit mit deinem Freund!

c) Wahnsinnig schnell rennen und irre hoch springen zu können wäre ganz nett.

7. Hast du schon mal … (Zutreffendes bitte ankreuzen)

- … gedacht, dein blutiges Steak könnte etwas roher sein?
- … gefaucht, weil dich jemand erschreckt hat?
- … Durst bekommen, weil das Blutspendemobil vorbeigefahren ist?
- … einen langen Nachtspaziergang über den Friedhof gemacht, auch wenn dein Freund gar nicht da war?
- … gedacht, dass es schön wäre, wenn dein Bett Wände und einen Deckel hätte?

- … rote Kontaktlinsen ausprobiert und dich damit ziemlich scharf gefunden?
- … das Gefühl gehabt, dass du besessen von Zahnhygiene bist?
- … eine Nacht lang nicht geschlafen?
- … eine Blutorange geschält, nur um enttäuscht festzustellen, dass es wirklich nur Obst ist?
- … den ganzen Tag im Haus verbracht, weil es draußen einfach zu sonnig war?

Auswertung

1	a=1	b=0	c=2
2	a=2	b=0	c=1
3	a=0	b=1	c=2
4	a=2	b=1	c=0
5	a=1	b=2	c=0
6	a=0	b=2	c=1
7	pro Ja ein Punkt		

0 bis 7 Punkte:
Bist du dir sicher, dass ein Vampir der Richtige für dich ist? Im Ernst, du solltest dich geschmeichelt fühlen, dass dein Vampirfreund überhaupt Interesse an einem Mädchen mit Bikinistreifen zeigt. Du hast nicht einmal ansatzweise das Zeug zum Vampir.

8 bis 14 Punkte:
Noch un-untot. Hört sich an, als wärst du zwar ganz berauscht von deinem scharfen Freund mit den scharfen Zähnen, aber du bist noch nicht so weit, selbst zum Vampir zu werden.

15 bis 22 Punkte:
Bist du dir sicher, dass du nicht schon ein Vampir bist? Das nächste Mal, wenn du mit deinem Freund rumknutschst, halte ihm einfach deinen Hals hin und hoffe darauf, dass er dich nicht ganz leer saugt!

Ob ich Mandy verwandeln will? Ich kann mich einfach nicht entscheiden. Einerseits ist der Gedanke, bis zum Ende aller Zeiten mit ihr zusammen zu sein … erschreckend, um es vorsichtig auszudrücken. Andererseits habe ich einen echten Horror davor, ihr beim Altwerden zuzusehen.

Alaric, 223

Ich will ganz ehrlich sein: Erst denkt man, man will ewig mit ihr zusammenbleiben, und kaum hat man's getan, denkt man nur noch: Ach du unheiliger Strohsack, was habe ich nur angerichtet? Das ist die sogenannte Reue nach dem Biss – und die hält sehr, sehr lange an.

Gregor, 498

Ich habe noch nicht die „Richtige" gefunden. Versteht mich nicht falsch. Ich habe schon jede Menge tolle Menschenmädchen kennengelernt. Manche wurden zu Freundinnen, andere zu Mahlzeiten. Hunderte von ihnen haben mich wirklich berührt. Aber ein Mädchen für alle Ewigkeit? Ich sage nur, das ist eine lange Zeit, um einen Sarg miteinander zu teilen.

Miklos, 182

Sechs Arten, ihm zu zeigen, dass du bereit für die Ewigkeit bist

Du siehst also, dass dein Vampir eventuell noch nicht ganz überzeugt ist. Nur weil du bereit bist, für alle Zeit seine Untotengefährtin / superscharfe Gruftgespielin zu werden, heißt das schließlich nicht, dass auch er sich an dich binden will, „bis dass der Pflock euch scheidet". Vielleicht weiß er noch nicht mal, dass du dich zu diesem Schritt entschlossen hast, denn obwohl dein Vampir vermutlich fast perfekt ist, kann er noch lange keine Gedanken lesen. (Na gut, dann *kann* er eben Gedanken lesen, aber wenn es um die Ewigkeit geht, könnte er mit Absicht auf dem inneren Auge blind sein.) Hier ein paar Arten, das Thema anzuschneiden, ohne dass er gleich schreiend wegrennt.

1. Überrasch ihn mit Karten für die Winterolympiade … 2332.

2. Schenk ihm einen Saguarokaktus (die am langsamsten wachsende Pflanze der Welt) zum Valentinstag. Schreib in die Karte dazu, wie du dich darauf freust, eure Liebe wie die Kaktusblüten erblühen zu sehen. (Das dürfte dann so ungefähr in 16 Jahren der Fall sein.)

3. Bei eurem nächsten romantischen Nachtspaziergang könntest du zum Himmel hinaufsehen und ihm erzählen, dass du eines Tages gern mal auf dem Mond Urlaub machen würdest, wenn das Beamen erst erfunden ist.

4. Sag Nein zum Snowboard-Wochenende, während du noch „zerbrechlich" bist. Das macht viel mehr Spaß, wenn du erst unzerstörbar bist und keine blöde Brille mehr tragen musst.

5. Wenn du den Geburtstag deiner besten Freundin vergisst, weigerst du dich einfach, dich zu entschuldigen, „weil sie in achtzig Jahren sowieso tot ist".

6. Bring euren Online-Beziehungsstatus auf den neuesten Stand und ändere ihn auf „für immer und ewig verbunden". Nun warte ab, ob er bestätigt.

Vor einer dermaßen wichtigen Entscheidung solltest du aber unbedingt ein paar Leute, denen du vertraust, bitten, deine Motive und deine geistige Gesundheit zu überprüfen. Wenn sie sagen, nichts wie ran, dann nichts wie ran! Und wenn sie ein wenig zögerlich wirken, sind sie wohl auch ein Teil der weltweiten Anti-Vampir-Verschwörung. Such dir in dem Fall einfach jemand anderen, Vertrauenswürdigeren (beispielsweise mich), den du fragen kannst.

Als wir fünf Jahre zusammen waren, wurde es ziemlich ernst zwischen uns. Eines Nachts, als wir gerade durch den dunklen Wald hinter meinem Haus spazierten, beugte er sich vor, strich mir das Haar aus dem Nacken und biss mich – direkt in die Halsschlagader. Es war so romantisch, dass mir ein Schauder über den Rücken lief!

Jetzt sind wir schon seit fünfundsiebzig Jahren zusammen und der einzige Grund, warum er mich noch nicht verlassen hat, ist sein schlechtes Gewissen, dass er mich zum Vampir gemacht hat. Und so toll, wie alle sagen, ist die Ewigkeit nun auch wieder nicht. Man hat viel Zeit, um all seine nervigsten Angewohnheiten kennenzulernen. Zum Beispiel macht er sich im Sarg immer total breit, kleckert Blut auf unsere besten Tischtücher und schielt dauernd zur Zombiefrau von nebenan rüber. Manchmal wünschte ich mir, ich wäre einfach tot. Wirklich.

Mina, 90

Meine Tochter Lara hat ihren gruseligen untoten Freund angefleht, sie von dem „grauenhaft langweiligen" Leben bei uns zu erlösen. Ich hab sie gewarnt, wenn sie wirklich bei ihm bleibt, braucht sie sich zu Hause nicht mehr sehen zu lassen! Also wirklich, die hat doch 'nen Stich ... oder eher 'nen Biss.

Vor zweiundzwanzig Jahren habe ich sie zum letzten Mal gesehen. Wahrscheinlich hat er sie schon längst wegen einer Werwölfin verlassen. Tja, ich hab sie ja gewarnt, dass die Ewigkeit ganz schön lang ist. Falls sie immer noch zusammen sind, hängen sie wahrscheinlich gerade irgendwo kopfüber in einer schmuddeligen Höhle und gucken sich Talkshows an.

Simone, ohne Altersangabe

Oh, Vlad!", greinst du jetzt und ziehst ein Gesicht, das dir nicht gerade zum Vorteil gereicht. „Ich bin bereit. Nimm mich, du wohlfrisierter Quell meines Niedergangs! Nimm mich jetzt!"

Wie gern würde ich dir nun einen Schwall kaltes Wasser ins Gesicht schütten, wenn ich nicht befürchten würde, damit diese Seiten zu beflecken. So, du bist also ganz wild darauf, dich ihm (oder in diesem Fall, mir) auf Gedeih und Verderb auszuliefern, nicht wahr?

Nicht so voreilig. Du glaubst anscheinend, der Weg in die Ewigkeit ist nur zwei kleine Bisswunden entfernt, aber es könnte sein, dass du den springenden Punkt nicht bedacht hast: Der Vampir steht einfach nicht auf dich!

Im Ernst, tut er nicht.

Du willst wissen, warum nicht? Dann lies das letzte Kapitel.

Nachricht von Fiffi, der Vampirjägerin

Liebe Vampiranwärterin,

wie süß, du willst also tatsächlich mit ihm ~~alt werden~~ ewig jung bleiben. Ist das romantisch! Du freust dich sicher schon darauf, für ihn die perfekte Haus- (bzw. Gruft-)frau zu spielen und ihn mit einem frischen, vierzehnjährigen Tagesfang zum Abendessen zu überraschen. Ich beneide euch ja so. Fast.

Sag mal, bist du dir wirklich darüber im Klaren, was „für immer" bedeutet? Wenn du deine Meinung änderst, kannst du nicht einfach dreimal deine Chucks aneinanderschlagen und sagen „Ein Mensch zu sein ist doch am schönsten", und schon ist alles wieder, wie es war. Dein hormonverwirrtes Teenagerhirn hat doch schon Probleme, sich zu entscheiden, was du zur Fahrstunde anziehen sollst. Wie willst du da diese Entscheidung treffen, die dein Leben verändert – im wahrsten Sinne des Wortes?

Ach, du willst meinen Rat also ignorieren? Gut, dann bleiben dir zwei Möglichkeiten: Entweder du wirst morgen Abend vernascht. Oder du überlebst es tatsächlich, deinem Freund zu gestehen, dass du ein Vampir werden möchtest, und er verpasst dir den Biss deines Lebens (deines ewigen Lebens, um genau zu sein). Wie aufregend, dann bist du jetzt ein richtiger, echter Vampir? Herzlichen Glückwunsch, du bist die Nächste auf meiner Liste!

Der Vampir steht einfach nicht auf dich

Es
liegt
nicht
an ihm,
es
liegt
an dir

Gerade noch hast du gedacht, alles liefe so gut! Du dachtest, er wäre dein, dein und nochmals dein! Du hast ihm geglaubt, als er dir ewige Liebe schwor! Und das ist vollkommen normal – schließlich bist du ja nur ein Mensch.

Verborgen geblieben ist deinen sterblichen Augen, dass er unruhig geworden ist. Blut riecht immer süßer, wenn es unerreichbar scheint. Er hat sich an dich gewöhnt. Und Vertrautheit tötet auf Dauer jegliches Verlangen nach Verlangen. Vielleicht fand er deine menschliche Verletzlichkeit und Schwäche am Anfang noch niedlich. Aber das ist nicht genug für den kalten, harten, ähm … Intellekt eines Vampirs.

In seinen Augen ist die Sache glasklar: Es liegt nicht an ihm. Es liegt an dir.

Acht Dinge, die er an dir hasst

- Du isst drei Mahlzeiten am Tag und schaufelst dir dabei ununterbrochen chemisch behandelte Produkte in den Mund. Widerlich.
- Du badest regelmäßig.
- Du redest dauernd davon, auf welches College du mal gehen möchtest. Er hingegen hat das schon 17 Mal durchgemacht.
- Du fragst ihn ständig nach seinen Gefühlen. So oft ändern die sich einfach nicht.
- Du drückst ihm die Kamera in die Hand, wenn ihr mit deinen Freunden unterwegs seid. Nur weil er auf den Bildern nicht auftaucht, heißt das nicht, dass er gerne den Fotografen spielt.
- Ständig verwechselst du Schubert und Beethoven miteinander, aber du kennst die Schuhgröße jedes Tokio-Hotel-Mitglieds.
- Jedes Mal, wenn er zu dir kommt, fragst du ihn, ob er was trinken will – und jedes Mal muss er lügen.
- Dein Körper ist einfach viel zu warm. Fühlt sich an, als würde man mit einem Schnitzel kuscheln.

Zugegeben, es ist eine knifflige Angelegenheit, herauszufinden, ob dein Vampir tatsächlich das Interesse verliert. Wir Vampire halten mit unseren Gefühlen ja gerne etwas hinterm Grabhügel. Es gibt einfach keine hundertprozentig sicheren Anzeichen. Manchmal bedeutet ein spontaner Solo-Italienurlaub und die hastig hingekritzelte Nachricht „Ich liebe dich so sehr, dass wir uns nicht wiedersehen dürfen – Leb wohl“ in Wirklichkeit: „Sehen uns dann in ein paar Tagen.“ In anderen Fällen ist die Bedeutung: „Es ist aus. Im Ernst jetzt. Gib mir mein Transsylvania-High-Sweatshirt zurück, meiner neuen Freundin ist kalt.“

Für den Fall, dass du dir nicht ganz sicher bist: Im Folgenden findest du einige Informationen über typisches Vampirverhalten. Lese und lerne. Zahlen lügen nicht.

Das Verhalten eines Vampirs

... der immer noch in dich verliebt ist

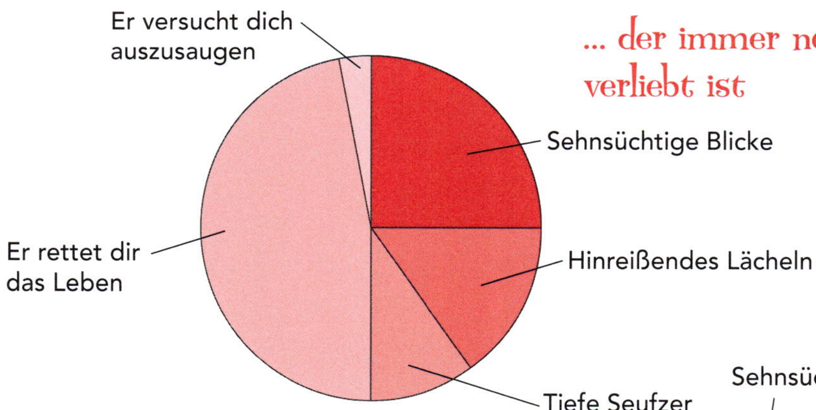

... der nicht mehr in dich verliebt ist

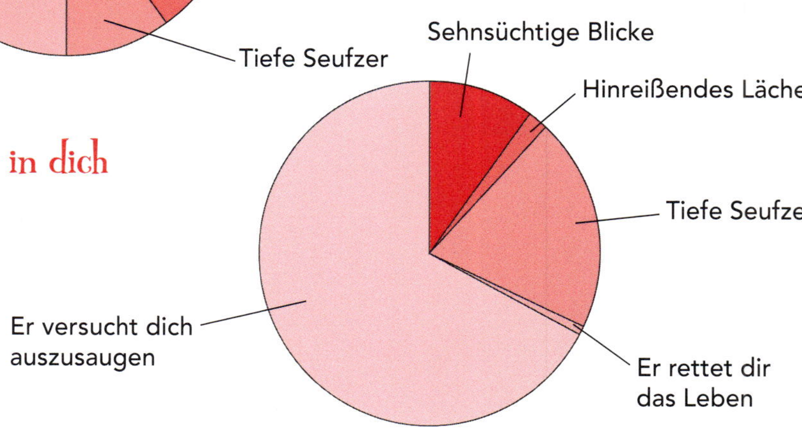

Typische Beziehungskurve

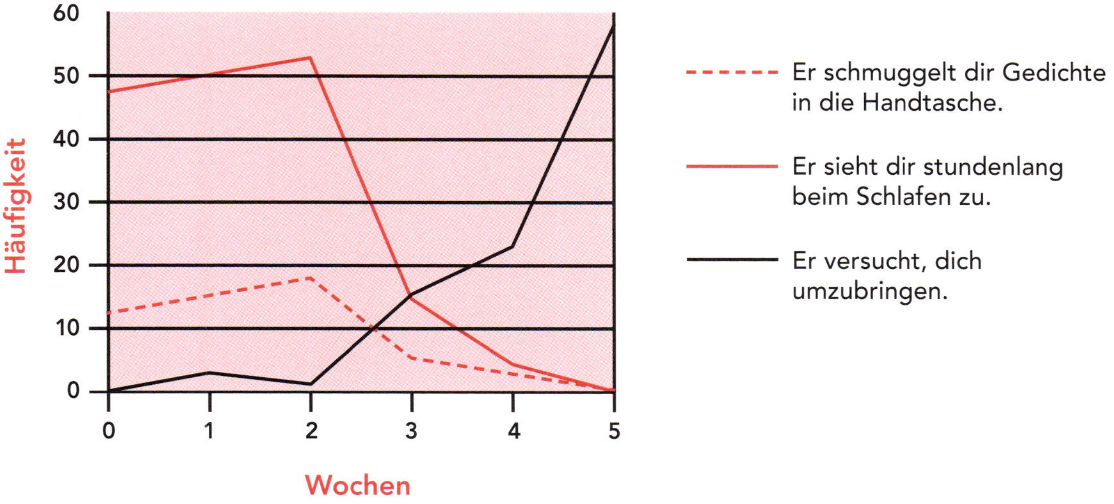

Durchschnittliche Beziehungslänge unter Berücksichtigung des Freundinnentyps

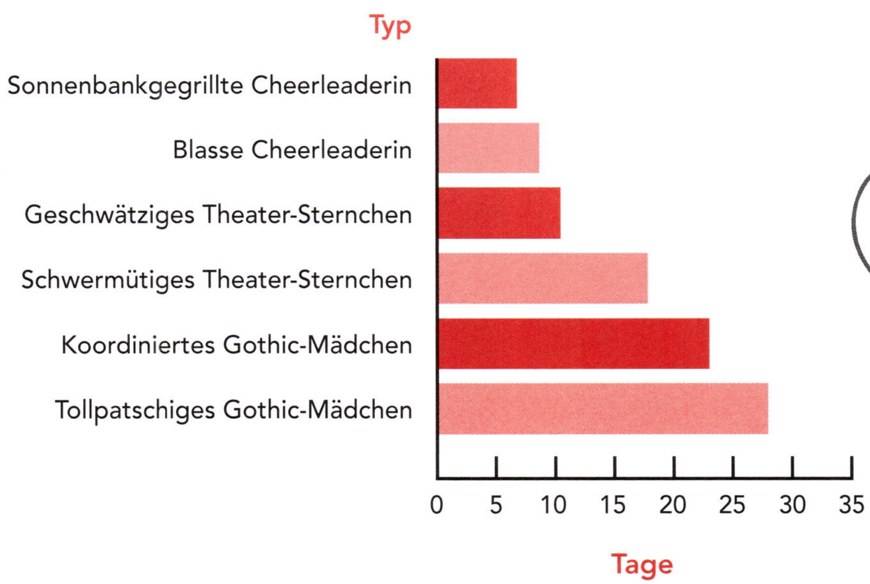

Anzeichen dafür, dass er einfach nicht auf dich steht

Er will deine Gefühle nicht verletzen, darum sind die Andeutungen, die er macht, vielleicht nicht ganz so offensichtlich wie die von sterblichen Jungs, wenn sie versuchen, mit dem geringstmöglichen Aufwand Schluss zu machen. Anstatt zwischen den Zeilen zu lesen (wo du nichts als weißes Papier finden wirst), versuch lieber, *darunter* zu lesen.

Er sagt: „Ich geh dann mal jagen."
Er meint: „Armselige Sterbliche, du langweilst mich."

Er sagt: „Ich brauche ein bisschen Abstand."
Er meint: „Hundert Jahre sollten fürs Erste reichen."

Er sagt: „Ich liebe dich einfach zu sehr, um dich zu so einem Monster wie mich zu machen."
Er meint: „Auf *keinen* Fall verbringe ich mit dir die Ewigkeit."

Er sagt: „Nach dir hab ich eine Ewigkeit gesucht."
Er meint: „Ja, ich hatte schon viele Frauen vor dir. Und ja, die waren echt heiß, find dich damit ab."

Er sagt: „Du solltest wirklich aufs College gehen, mein sterblicher Liebling."
Er meint: „Am besten am anderen Ende des Kontinents."

Er sagt: „Versprich mir, dass du auf dich aufpasst."
Er meint: „Ehrlich, langsam geht es mir echt auf die Nerven, dass ich dich jedes Mal retten muss, wenn gerade *Emergency Room* läuft."

Hat er die Nase voll von dir?

Willst du immer noch nicht wahrhaben, dass es vorbei ist? Vielleicht fällt es dir leichter, wenn dir die bittere Wahrheit in Form eines Tests vor Augen geführt wird? Bitteschön. Wahrscheinlich hat er einfach keinen Nerv mehr auf deine Begriffsstutzigkeit und sehnt sich nach seiner friedlichen Gruft.

1. **Du schreibst ihm folgende SMS:** „Ich hab mich beim Rasieren ins Bein geschnitten und es hört einfach nicht auf zu bluten!" Was antwortet er?
   - a) „Dumm gelaufen. Kleb ein Pflaster drauf."
   - b) Er antwortet gar nicht.
   - c) „Hast du eine Arterie getroffen?"
   - d) Er steht mit einen Strauß Rosen und einem Kelch vor deiner Tür.

2. **Der Titel seines letzten Gedichts lautet:**
   - a) „Und ewig stinkt dein Hämoglobin"
   - b) „Ich spiel dir das Lied vom Tod"
   - c) „Ich ertrage es nicht länger!"
   - d) „Eckzähne der Leidenschaft"

3. **Zu eurem nächsten Date ziehst du einen Rollkragenpullover an,** um zu sehen, wie dein Vampir reagiert. Was passiert?
   - a) Er versetzt dich! Hat er dich etwa von Weitem gesehen und ist einfach wieder gegangen??
   - b) Fünf Minuten nach der Begrüßung klagt er über Magenbeschwerden, weil er „etwas Falsches gegessen" hat, und geht nach Hause.
   - c) Als du von der Toilette kommst, ist er gerade dabei, sich die Telefonnummer der Kellnerin in den Unterarm zu ritzen.
   - d) Er sieht enttäuscht aus und fragt, warum du deinen „göttlichen" Hals verhüllst.

4. **Du bist im Krankenhaus, um Blutplasma zu spenden** und plauderst im Wartebereich mit deinem Vampir. Da läuft ein bild-

hübsches Gothic-Mädchen vorbei, unter dessen Ärmel ein winziges bisschen Blut hervorrinnt. Was tut er?

a) Er tut so, als würde er sie nicht bemerken, obwohl das ganz offensichtlich nicht stimmt.

b) Er hält mitten im Wort inne und sein Blick folgt jeder ihrer Bewegungen.

c) Er steht auf und sagt, er sei gleich zurück. Dann folgt er dem Mädchen nach draußen.

d) Er sieht dir tief in die Augen und sagt dir, wie schön du bist.

5. **Voller Verzweiflung beschließt du, seine Leidenschaft neu zu entfachen,** indem du dich von ihm vor dem sicheren Tod retten lässt. In einer Vollmondnacht spaziert ihr über Bahngleise, als du plötzlich stolperst und hinfällst, gerade als ein Zug heranrollt. Wie reagiert dein Vampir?

a) Er seufzt, verdreht genervt die Augen und zerrt dich von den Gleisen.

b) Er sieht auf dich herab und sagt: „Du solltest jetzt wieder aufstehen."

c) Er fesselt dich an die Gleise.

d) In einer dramatischen Rettungsaktion reißt er dich aus der Gefahrenzone. Dann hebt er dich auf seine starken Arme und nennt dich seinen „Augenstern".

Auswertung

Wenn du hauptsächlich **a** angekreuzt hast: **Er verliert langsam das Interesse an dir.**

Wenn du hauptsächlich **b** angekreuzt hast: **Er verliert immer schneller das Interesse an dir.**

Wenn du hauptsächlich **c** angekreuzt hast: **Er hasst dich.**

Wenn du hauptsächlich **d** angekreuzt hast: **Er steht immer noch auf dich.**

Meine Exfreundin aus dem vorigen Jahrhundert hatte die fixe Idee, dass ich sie in einen Vampir verwandeln sollte und wir bis in alle Ewigkeit glücklich zusammenbleiben würden. Und das, nachdem wir erst zwei Jahre oder so zusammen waren! Ich war doch noch viel zu jung, um mich schon so fest zu binden, und nachdem ich ihr das gesteckt hatte, hatte sie nur noch schlechte Laune. Dabei ist der muffelige, verdrießliche Part in der Beziehung doch seit jeher dem Vampir vorbehalten! Also beschloss ich, der Sache ein Ende zu bereiten, statt mich mit ihren kindischen Launen herumzuärgern, und biss sie … Und das war kein Biss für die Ewigkeit.

Vigo, 346

Ihr fragt euch, warum wir immer so viel beschäftigt sind, wenn wir das Interesse verlieren? Weil wir es nun mal sind! Wir putzen die Gruft, wir widmen uns der Zahnpflege, wir ordnen unsere Sammlung ausgestopfter Tiere neu … Alles ist besser, als deine Zeit mit einem Mädchen zu verbringen, auf das du keinen Nerv mehr hast. Sorry, echt!

William, 803

Eines Tages bekundete eine Trackerin ihr Interesse an meiner Freundin. Ich überließ sie ihr. Die Trackerin und ich feiern nächste Woche unseren achtundneunzigsten Hochzeitstag!

Sergej, 302

Da er ja äußerlich tot ist, ist es manchmal leicht zu übersehen, dass dein Vampir auch innerlich tausend Tode stirbt. Die Tatsache, dass du so blind bist, macht es aber kein Stück besser.

Ich hab Orlando jetzt seit zwei Jahren nicht mehr gesehen. Na ja, seit zwei Jahren, vier Monaten, zwölf Tagen und drei Stunden, um genau zu sein. Aber echt nur, weil mein Blut halt so gut riecht, dass er nicht sicher war, ob er sich auf Dauer zurückhalten kann. Ich bin ganz sicher, dass er eines Tages wieder auftaucht und wir wieder zusammenkommen. Ich sehe mich schon wieder auf seinem kalten Schoß sitzen, in Skiunterwäsche und Wintermantel, während er zärtlich an meinem Hals saugt. Genau wie früher. Ich hoffe nur, dass er zurückkommt, bevor ich alt und faltig bin. Und wenn's geht, auch noch vor dem Abschlussball!

Jenny, 17

Als Elijah mich den dritten Abend in Folge versetzte, fuhr ich zu meiner besten Freundin Melissa, um ihr mein Herz auszuschütten. Es kam mir ein bisschen seltsam vor, dass Elijahs Auto in ihrer Auffahrt parkte, also kletterte ich auf den Baum vor ihrem Zimmerfenster. Tja, so fand ich heraus, dass er mich mit dieser billigen Untotenschlampe betrog! Ich war so geschockt, dass ich glatt vom Baum fiel. Elijah machte überhaupt keine Anstalten, mich zu retten, und da wusste ich, dass es endgültig aus war.

Marie, 17

Während der vielen, vielen, vielen Jahre, die ich schon auf dieser Erde weile, habe ich eine nicht zu verachtende Anzahl an Universitätsabschlüssen auf der ganzen Welt angesammelt. Mit Psychotherapie hatte ich jedoch noch nie was am Hut. Aus diesem Grund möchte ich dich an meinen geschätzten Kollegen Dr. Thaddeus Phillips verweisen, der sehr erfahren auf diesem Gebiet ist und einen Doktortitel für Vampirologie an der Universität zu Zahnsilvanien in der ehemaligen Sowjetunion erlangt hat.

Aus der Feder des Dr. vamp. Thaddeus Phillips

Ich kann die Angst spüren, die über eurer Beziehung aufzieht wie Abendnebel über dem Friedhof. Diese Angst schlägt sich in emotionalem Schmerz nieder, der dich in dieser unkonventionellen Verbindung unweigerlich heimsucht, sowie in körperlichem Schmerz, der dich erwartet, wenn du weiterhin dem Weg durch dieses Jammertal folgst. Er mag der Blutsauger sein, aber du, meine Liebe, bist der wahre Egel. Wenn du ihm weiterhin auf Schritt und Tritt folgst, wo er doch dir folgen sollte, wie soll er seiner Liebe denn Luft machen? Trau dich, ihm zu trauen, dass er dir traut, dass du ihm traust. So einfach ist das.

Ferner möchte ich dir ans Herz legen, dich in Schweigen zu hüllen und dein Wimmern auf das Allernötigste zu beschränken, denn seine Ohren sind einfach nicht geschaffen für den Frequenzbereich deiner Stimme.

Zum Schluss sei noch gewarnt, ihn nie auf seine Defizite zu stoßen. Verweise stets auf die Unzulänglichkeit deines eigenen Blutes. Sei ehrlich zu dir selbst: Der wahre Blutsauger in eurer Beziehung bist du, nicht er.

Dr. vamp. Thaddeus Phillips,
international anerkannter Experte für extraordinäre Beziehungen

Was tun, wenn die Beziehung mit einem Fuß im Grabe steht?

Meine liebe Sterbliche, deine Tage sind gezählt. Doch halte ein! Zunächst muss ich eines klarstellen: Deine Tage sind seit jeher gezählt, jetzt aber steht auch deine Beziehung kurz vor dem Exitus. Sie steht mit einem Fuß im Grab. Willst du nun auch noch der Nagel zu ihrem Sargdeckel sein? Versuche, das Unvermeidliche mithilfe der unten stehenden Notfallmaßnahmen noch ein wenig aufzuschieben.

Mach ihn **eifersüchtig**

Vampire haben den Ruf, äußerst besitzergreifend zu sein, würden aber nie auf den Gedanken kommen, dass du selbst ein Auge auf einen anderen werfen könntest. Jede Wette! Flirte doch mal mit einem Werwolf. Achte aber unbedingt darauf, nicht gebissen zu werden! Sobald du nämlich anfängst, haarig zu werden und nach Hund zu riechen, ist deine Beziehung echt über den Jordan.

Noch mehr **„Unfälle“**

Während eurer Kennenlernphase konntest du bereits Erfahrungen auf dem Gebiet der Nahtod-Erlebnisse sammeln. Er hat dich vor Autounfällen, Raubüberfällen und vorzeitiger Hautalterung durch zu viel Sonneneinstrahlung gerettet. Sieh's ein: Er langweilt sich. Verpass eurer Beziehung eine Adrenalinspritze, indem du deine „Unfälle“ ein bisschen abwechslungsreicher gestaltest. Haiangriffe zum Beispiel bringen stets eine Menge Spaß und Flugzeugunglücke haben einfach das gewisse Etwas, das ihn begeistern wird. Vermeide seltene Krankheiten. Vor denen kann selbst er dich nicht retten.

Schick ihn als **Ersten** in die Wüste

Gewagt. Gewitzt. Und teuflisch brillant ist dieses Vorhaben, wenn es richtig durchgeführt wird. Mach mit ihm Schluss, bevor *er* dir den Laufpass gibt! Das wird eine ganz neue Erfahrung für ihn sein und könnte ihn dermaßen schockieren, dass er dich doch wieder interessant findet.

Klammern

Klammern im eigentlichen Sinn ist bei einem Vampir gar nicht möglich. Schließlich besitzt er Häuser in aller Herren Länder und kann außerdem auch noch fliegen. Aber bitte: Wenn es dir ein gutes Gefühl gibt, dich selbst zu erniedrigen, indem du bettelst und flehst – ich bin der Letzte, der dich davon abhält.

Tu so, als hätte dich schon jemand anders in einen **Vampir** verwandelt

Du hast ihn angefleht, dich zu beißen und er hat Nein gesagt. Du spürst, wie er sich vor dir zurückzieht und bist am Rande der Verzweiflung. Hier ein Tipp: Tu doch einfach so, als wärst du bereits in einen Vampir verwandelt worden! Die Gier nach Blut bewirkt, dass Vampire von Zeit zu Zeit etwas geistesabwesend sind, und genau das solltest du ausnutzen!

- Schlachte vor seiner Gruft ein Schwein, um ihn zu täuschen.
- Schmier dir weiße Schuhcreme ins Gesicht.
- Trage rote Kontaktlinsen.
- Sag Dinge wie zum Beispiel: „Zeit hat keine Bedeutung mehr für mich“, oder: „Noch nie zuvor habe ich bemerkt, dass die Welt um mich herum vergeht.“
- Bade regelmäßig in Eiswasser.

Ich will ja nicht das Haar in deiner Liebessuppe sein, aber wenn *ich* nicht ehrlich zu dir bin, wer dann? Dein Vampir bestimmt nicht. Ehrlichkeit steht bei ihm auf derselben Stufe wie Hundekraulen und Sonnenbaden. Er wird dir niemals die ungeschönte Wahrheit offenbaren, also wird es Zeit, dass du dich selbst mit ihr vertraut machst. Auf den folgenden Seiten wirst du Dinge über dich lesen, die du am liebsten gleich wieder vergessen würdest.

Es liegt nicht an dir, es liegt an ihm

Um fair zu bleiben und die Ausgewogenheit zu bewahren, muss ich dir nun auch die Meinung von Dr. Thaddeus Phillips' siebenundfünfzigster Exfrau Jane zuteilwerden lassen. Jane ist zwar kein Dr. vamp. wie ihr früherer Mann, aber sie hat sich nichtsdestotrotz sehr intensiv mit Beziehungen zwischen Mensch und Vampir auseinandergesetzt und ist dabei zu durchaus anderen Schlüssen gelangt als mein werter Freund Dr. Phillips.

Aus der Feder der Dr. phil. Jane Oakes

Lauert er dir nicht mehr auf wie früher? Ist der Blutdurst aus seinen Augen verschwunden? Wie es aussieht, hast du ein vampirisches Problem. Männer, die schon ein paar Jahrhunderte auf dem Buckel haben, tendieren zu dieser Problematik. Sie langweilen sich schnell, schließlich haben sie ja schon alles kommen und gehen sehen – und das mindestens zwei Mal. Erst jagen sie dir nach, doch wenn sie deine Blutgruppe erst mal kennen, rufen sie plötzlich nicht mehr an.

Jetzt nur nicht verzweifeln! Er hat dich doch gar nicht verdient. Du bist etwas ganz Besonderes und solltest einen Freund haben, der dich nicht nur deines Blutes wegen mag. Und ganz sicher sollte seine Aufmerksamkeitsspanne größer sein als die einer Fledermaus. Es ist an der Zeit, Schluss zu machen und eure Beziehung zu Grabe zu tragen! Er ist deine Ewigkeit nicht wert.

Dr. phil. Jane Oakes

Es versteht sich, dass Dr. Oakes sich hier auf andere Vampire als meine Wenigkeit bezieht. Selbstverständlich bemühe ich mich, mein Liebesleben interessant zu gestalten – indem ich etwa Bücher schreibe! Und ich gebe sie bestimmt demnächst auch meiner geliebten Sarah zu lesen. Äh, ich meine, Abby. Oder – Welches Jahr haben wir noch mal? – Felicia.

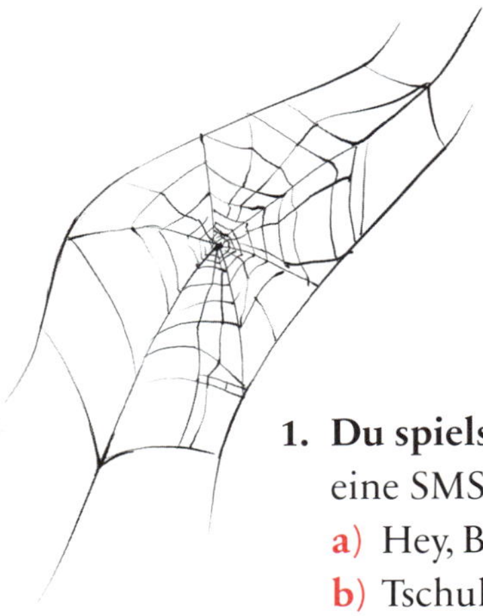

Beißt er fremd?

1. **Du spielst gerade so mit seinem Handy herum,** als er plötzlich eine SMS bekommt. Was steht drin?
   a) Hey, Baseball heute nami?
   b) Tschuldi wg letzter Nacht, mein Rudel hasst Untote.
   c) Wir 2 Kino heute Abend?
   d) Ich bin im Wald … ganz allein und verletzlich …
   e) War toll mit dir gestern – ich <3 Typen mit Hirn.

2. **Er hat sich anmutig auf dein Bett geflätzt** und liest Tennysons Gedichte, als ihm plötzlich einfällt, dass er sofort weg muss … Welchen Grund gibt er an?
   a) „Hab meiner Mom versprochen, eine Besorgung für sie zu machen und vor Mitternacht zurück zu sein!"
   b) „Vollmond – ich muss los!"
   c) „Ich wollte einfach mal einen Abend in der Gruft bleiben."
   d) „Ich hab 'nen Nebenjob als Nachtwächter."
   e) „Ich hol mir was zu essen. Oder werde *ich* geholt? Könnte eine interessante neue Erfahrung werden …"

3. **Ihr seid in seiner Gruft** und dir fällt das Buch auf seinem Nachttisch auf. Wie heißt es?
   a) *Vegetarisch kochen – die besten Rezepte* von Nicole Rothmann
   b) *Shiver* von Maggie Stiefvater
   c) *The Immortals: Tochter der Finsternis* von Melissa de la Cruz
   d) *Bis(s) zum Ende der Nacht* von Stephenie Meyer
   e) *Zombie Blond* von Brian James

4. **Dir fällt auf, dass sich seine Interessen geändert haben. Auf einmal …**
   a) … sitzt er in einem anderen Baum vor deinem Fenster.
   b) … will er sich einen Welpen zulegen.
   c) … kommt er dir kälter vor denn je, und blutrünstiger auch.

d) … merkt er es gar nicht mehr, wenn du einen Schal trägst.
e) … amüsiert er sich prächtig über Filme wie *Shaun of the Dead.*

5. **Du rufst bei ihm im Schloss an,** aber er ist nicht zu Hause. Seine Mom sagt, er …
   a) … spielt mit seinem kleinen Bruder Baseball.
   b) … ist im Schwarzwald. Und hat „nur für den Notfall" ein silbernes Schwert mitgenommen.
   c) … ist mit einer alten ~~Flamme~~ Bekannten in Transsilvanien.
   d) … musste los, um jemanden zu retten.
   e) … macht irgendwas, wozu er einen Helm aufsetzen musste.

6. **Sein Tagebuch lag offen da** und du wolltest wirklich nicht reingucken! Aber trotzdem hast du gesehen, was da stand:
   a) Muss das Gedicht fertigkriegen. Mir fehlt ein guter Reim auf „Nasenloch"!
   b) Wir waren joggen. Sie konnte nur auf vier Beinen mit mir mithalten!
   c) Tolles Date bei der Blutkonservenverkostung!
   d) Ich liebe den Duft von neuem Blut.
   e) Liebt sie mich oder nur meine grauen Zellen?

Auswertung

Du hast vor allem **a** angekreuzt:
Dummerchen! Jeder hat schließlich familiäre Verpflichtungen, auch er. Und jetzt hör schon auf, sein Tagebuch und seine Mails zu lesen! Nichts tötet die Leidenschaft eines Vampirs schneller als eine eifersüchtige Freundin.

Du hast vor allem b angekreuzt:
Hört sich ganz so an, als ob seine neue Liebe mehr als nur ihre Beine rasieren müsste, um präsentabel auszusehen … Deine Konkurrentin ist wahrscheinlich pelzig, verwandelt sich bei Mondschein, läuft auf vier Beinen und steht drauf, wenn man ihr den Bauch krault. Er will keinen Welpen, sondern eine Werwölfin!

Du hast vor allem c angekreuzt:
Schön, dich gekannt zu haben! Dein Freund flirtet mit einer Vampirin und gegen diesen steilen Zahn hast du einfach keine Schnitte. Sie haben dieselben Lebensziele (oder eher Todesziele): Blut trinken, in unheimlichen, düsteren Schlössern wohnen und übrigens auch Blut trinken. Du kannst höchstens versuchen, ihr einen Pflock ins Herz zu rammen, aber wenn du es verfehlst, nimmst du besser die Beine in die Hand!

Du hast vor allem d angekreuzt:
Deinen Vampir gelüstet es nach einer bestimmten Blutgruppe – und es ist nicht deine! Hört sich an, als hätte dein Freund ein anderes Menschenmädchen. Komm jetzt bloß nicht auf die Idee, dich an diesem Flittchen zu rächen, dein Vampir wird sie beschützen. Mach lieber Schluss und versuch ihn dann mit einem Werwolf eifersüchtig zu machen.

Du hast vor allem e angekreuzt:
Seine Neue will nur das Eine: HIRRRRRN! Jawohl, er hat einen Zombie abgeschleppt. Was er an ihr findet, ist schwer zu verstehen: Dieser leere Gesichtsausdruck, das verrottende Fleisch, der steifbeinige Gang und das ungepflegte Haar. Vielleicht gefällt es ihm ja, dass sie sich zum Mittagessen einen Menschen teilen können: Er kriegt das Blut und sie das Hirn. Außer einem Schuss direkt in den Kopf kannst du nicht viel tun, um sie loszuwerden. Tröste dich mit dem Gedanken, dass sie nur auf das aus ist, was er im Schädel hat – wenn er das merkt, nimmt er vielleicht Vernunft an und kommt zu dir zurück.

Vampirkreiszeichen

Auch wenn ihre Helligkeit eine wunderbar schwarze Nacht so richtig ruinieren kann – frag doch einfach die Sterne, ob für deine Beziehung noch Hoffnung besteht. Doch Achtung: Vampire sind nahezu vollkommen astro-unlogisch. Das hängt vermutlich damit zusammen, dass sie zwei „Geburtstage" haben – den Tag, an dem ihre sterbliche Hülle das Licht der Welt erblickte, und den Tag, an dem sie zum Nosferatu wurden. Verschiedenartige Aszendenten nehmen so Einfluss auf Persönlichkeit und Liebesleben eines Vampirs.

Widder *(21. März bis 20. April)*

Charakter: mutig, leidenschaftlich, abenteuerlustig

Warum du dich für Vampire interessierst: wegen deiner feurigen Persönlichkeit

Die schlechte Nachricht: Vampire sind es gewohnt, in einer Beziehung den Ton anzugeben und ordnen sich ungern unter. Das wird nichts mit euch.

Stier *(21. April bis 21. Mai)*

Charakter: beharrlich, treu, beständig

Warum du dich für Vampire interessierst: Er braucht Stabilität im Leben und deine dominante Art passt gut zu seiner.

Die schlechte Nachricht: Vampire sind zu unbeständig und würden sich dauernd über dein Bedürfnis nach Sicherheit lustig machen. Das wird nichts mit euch.

Zwillinge *(22. Mai bis 21. Juni)*

Charakter: gesellig, geistreich, lebendig

Warum du dich für Vampire interessierst: Du bist einfach von Natur aus neugierig.

Die schlechte Nachricht: Vampire hassen gesellige Veranstaltungen mit Partyspielen. Das wird nichts mit euch.

Krebs *(22. Juni bis 22. Juli)*

Charakter: intuitiv, gefühlvoll, empfindsam

Warum du dich für Vampire interessierst: Mit deiner einfühlsamen Art hast du sofort erkannt, dass sich hinter seinen scharfen Zähnen eine zarte Seele verbirgt.

Die schlechte Nachricht: Du bist zu melancholisch und Vampire wollen nun mal die Schwermütigen sein. Das wird nichts mit euch.

Löwe *(23. Juli bis 23. August)*

Charakter: lebendig, selbstbewusst, theatralisch

Warum du dich für Vampire interessierst: Du willst seine uralte, düstere Seele mit deinem fröhlichen Naturell aufheitern.

Die schlechte Nachricht: Löwen sind warmherzig und haben ein sonniges Gemüt. Und Vampire hassen Sonne. Das wird nichts mit euch.

Jungfrau *(24. August bis 23. September)*

Charakter: schüchtern, gewissenhaft, bescheiden

Warum du dich für Vampire interessierst: Ein Vampir kann dich vor der großen, bösen Welt beschützen.

Die schlechte Nachricht: Vampire werden immer größere Perfektionisten sein als du. Das wird nichts mit euch.

Waage *(24. September bis 23. Oktober)*

Charakter: diplomatisch, kontaktfreudig, aufgeschlossen

Warum du dich für Vampire interessierst: Du interessierst dich für Dates mit Vertretern jeder Spezies.

Die schlechte Nachricht: Vampire mögen es nicht, wenn du mit anderen Untoten flirtest, aber du kannst nun mal nicht aus deiner Haut. Das wird nichts mit euch.

Skorpion *(24. Oktober bis 22. November)*

Charakter: leidenschaftlich, stur, unbezähmbar

Warum du dich für Vampire interessierst: Er ist genauso stürmisch und temperamentvoll wie du.

Die schlechte Nachricht: Vampire sind eifersüchtig, aber sie können es nicht leiden, wenn du zu besitzergreifend wirst. Das wird nichts mit euch.

Schütze *(23. November bis 21. Dezember)*

Charakter: fröhlich, philosophisch, optimistisch

Warum du dich für Vampire interessierst: Die grüblerische Art der Untoten findest du spannend.

Die schlechte Nachricht: Vampire sind zynisch und finden dich zu positiv-naiv. Das wird nichts mit euch.

Steinbock *(22. Dezember bis 20. Januar)*

Charakter: geduldig, vernünftig, reserviert

Warum du dich für Vampire interessierst: Du entdeckst gern den Sinn in unsinnigen Verbindungen.

Die schlechte Nachricht: Vampire haben es nicht gern, wenn man sie belehrt, und sie können deswegen jahrhundertelang beleidigt sein. Das wird nichts mit euch.

Wassermann *(21. Januar bis 19. Februar)*

Charakter: fortschrittlich, gelassen, menschenfreundlich

Warum du dich für Vampire interessierst: Du willst jedem eine Chance geben – ob tot, lebendig oder untot.

Die schlechte Nachricht: Die distanzierte Art eines Vampirs lässt sogar den sonst so robusten Wassermann emotional austrocknen. Das wird nichts mit euch.

Fische *(20. Februar bis 20. März)*

Charakter: empfindsam, idealistisch, verträumt

Warum du dich für Vampire interessierst: Du träumst schon jetzt von der Ewigkeit mit ihm.

Die schlechte Nachricht: Vampire verwechseln deine Empfindsamkeit mit Schwäche – und die verachten sie. Das wird nichts mit euch.

Ich fand es schon ein bisschen … na, sagen wir mal eigenartig, als Siemeon auf einmal damit anfing, ich müsse unbedingt meinen Traum wahr machen, Wasserskikünstlerin zu werden. Vorher hat er immer gesagt: „Aber Liebste, willst du dir nicht etwas weniger Anspruchsvolles aussuchen?“ Außerdem konnte er es nicht leiden, wenn ich zu oft draußen war. Und als ich noch dachte, alles läuft super, kam er mir plötzlich mit: „Du siehst in letzter Zeit viel zu blass aus, findest du nicht?“, und: „Im Wetterbericht haben sie für heute Sonne und 30 Grad angesagt – toll, oder?“, und: „Glaubst du nicht, dass jemand wie Timo besser zu dir passen würde?“

Hallooo, natürlich würde er das! Er ist schließlich ein absoluter Wasserski-Gott.

Als Nächstes liegt jedenfalls eine Schachtel mit einer schönen schwarzen Seidenschleife vor meiner Tür, und als ich sie aufmache, sind ein paillettenbesetzter Badeanzug und ein Kopfschmuck mit Federn drin. Da wusste ich, es ist vorbei. Aber musste es denn auf die grausame Tour sein?

Jacqueline, 16

Nun komm, du hast doch auch deinen Stolz. Wenn er mit dem Herzen nicht mehr bei der Sache ist, solltest du besser verschwinden, bevor seine Selbstbeherrschung es tut. Sein killermäßiges Lächeln hast du zwar immer geliebt, aber ganz so killermäßig sollte es dann doch nicht werden. Achte auf die Zeichen, die dir sagen, dass es an der Zeit ist zu gehen.

Zehn Zeichen dafür, dass es an der Zeit ist zu gehen

1. Sein Kosename für dich ist nicht mehr „Engelgoldschatzschnuckelputz“, sondern **„Imbiss“.**

2. Er hat ein **Profil** für dich bei einer Online-Partnervermittlung eingerichtet.

3. Du rufst ihn an, weil ein **Tracker** vor deinem Haus steht, und er sagt nur: „Ja, ich weiß, tschüs dann.“

4. Er gibt dir die Karten zurück, die du ihm für die Winterolympiade 2332 geschenkt hast, weil er an dem Tag wohl leider **keine Zeit** haben wird.

5. Statt dich wie gewohnt bei Glatteis zum Auto zu tragen, schenkt er dir ein paar **Wanderstiefel** und rät dir, schon mal mit dem Üben anzufangen.

6. Er bittet dich, endlich aufzuhören, von seinem wundervoll **minzfrischen Atem** zu schwärmen … Du verstehst die Welt nicht mehr.

7. Du **schneidest** dir in den Finger und er tadelt dich wegen der Verschwendung.

8. Als du ihn fragst, warum er nachts nicht mehr vor deinem Fenster über dich wacht, sagt er, du schnarchst so laut, dass die **Volturi** sich am liebsten die Köpfe abreißen würden.

9. Er ermutigt dich dazu, dich an ausländischen Unis zu bewerben und versichert dir, du hättest garantiert **„einen Mordsspaß“** im Jemen.

10. Seine **Liebesgedichte** werden immer mieser. „Wie wär’s mit einem Menschenjungen / mit intaktem Herz und Lungen?“ Gar kein gutes Zeichen.

Wenn du schon normale Jungs für schwer durchschaubar hältst, dann versuch's mal mit 'nem Vampir! Man kann nie wissen, ob er einfach nur noch emomäßiger drauf ist als sonst oder ob eure Beziehung für ihn schon tot und begraben ist. Mein Exfreund fing auf einmal an, am Wochenende nicht mehr rauszugehen, weil es draußen angeblich zu hell für ihn war – sogar nachts. (Wir leben in Alaska – nicht gerade das Land der Mitternachtssonne.) Außerdem hatte er ständig blöde Ausreden, warum ich nicht zu ihm rüberkommen könnte, zum Beispiel, dass er eine Grippe oder Tuberkulose hätte. Ich bin mir aber ziemlich sicher, dass Untote gar nicht krank werden können. Dann hab ich ihn freitagabends bei einem Baseballspiel erwischt … mit einer Superzombine. Game over.

Sarah, 18

Das war voll komisch. Alaric hat mich tief in den Wald mitgeschleppt und gesagt, ich soll ihn und alles, was mit ihm zu tun hat, vergessen. Und dann musste ich den ganzen Weg allein nach Hause laufen und da waren dann auf einmal alle Klamotten von ihm verschwunden – und seine Geschenke auch. Die fünfzig Bände mit Gedichten, die er über meine Schönheit geschrieben hatte, das Kleid, das er mir für den Tanz der Vampire geschenkt hatte, mein gepanzertes Auto – alles! Er ist total von der Bildfläche verschwunden und sogar seine ganze Familie hat die Stadt verlassen. Soll das wieder eins von seinen Vampirspielchen sein? Ich hab so das Gefühl, er will mir irgendwas mitteilen – nur was???

Mandy, 15

Wer hat das noch nicht erlebt? Man hat eine Beziehung und plötzlich fangen all die kleinen Dinge, die man so geliebt hat, fürchterlich an zu nerven. Die Vorstellung, dass er Blut saugt, hat dich immer angemacht ... doch langsam hast du genug von dem Blutmundgeruch. (Besonders morgens – puh...) Und die Mondscheinspaziergänge waren ja anfangs ganz romantisch, aber jetzt sind sie nur noch ermüdend. Du brauchst schließlich deinen Schönheitsschlaf!

Es war ja okay, mit seinen Kumpels in der Gruft rumzuhängen. Aber mal im Ernst, irgendwann muss doch mal alles über die erste Vampir-Baseballliga gesagt sein, oder nicht? Und ja, zuerst hatte es was Geheimnisvolles, dass er nur Schwarz trug. Jetzt fragst du dich, ob er damit von seinem fehlenden Stilgefühl ablenken will.

Er ist absolut von gestern (vom letzten Jahrhundert, wenn man's genau nimmt), wenn es um Musik, Filme und nicht zuletzt Hygiene geht. Okay, dann fliegt er dich nachts durch die Gegend – aber da oben ist es ganz schön kalt! Nicht, dass er das merken würde. Er merkt ja sowieso nicht viel. Er sagt, er würde nie deine Gedanken lesen, aber ab und zu deine Lippen zu lesen wäre ja auch schon mal ganz hilfreich.

So langsam beschleicht dich der Verdacht, dass er von Anfang an nur auf dein Blut aus war. Du hast Fotos von seinen Exfreundinnen gesehen unter denen „Vermisst" stand. Seine Kosenamen und Komplimente für dich haben alle was mit Essen zu tun. „Zuckermaus" oder „Muffin" sind in Ordnung. „Frühstück", „Mittag-" oder „Abendessen" nicht. Wenn er sagt, er fände dich „zum Anbeißen", solltest du dich fragen, ob er das wörtlich meint.

Er geht nicht mehr mit dir in die Eisdiele oder zum Schulball, sondern will sich immer an den abgelegensten Orten wie alten Steinbrüchen und verlassenen Bahnübergängen mit dir treffen. Und wenn er es tatsächlich mal hinkriegt, dich zum Essen auszuführen, ermutigt er dich permanent, doch ordentlich zuzulangen und befühlt danach jedes Mal irgendwie erwartungsvoll deinen Zeigefinger. Dir sagt er, du wärst für ihn die große Liebe, aber seinen Freunden erzählt er, du wärst nur die nächste Zwischenmahlzeit.

Es sieht schlecht aus. Willst du wirklich für immer und ewig mit ihm zusammenbleiben?

Bist du bereit für die Ewigkeit?

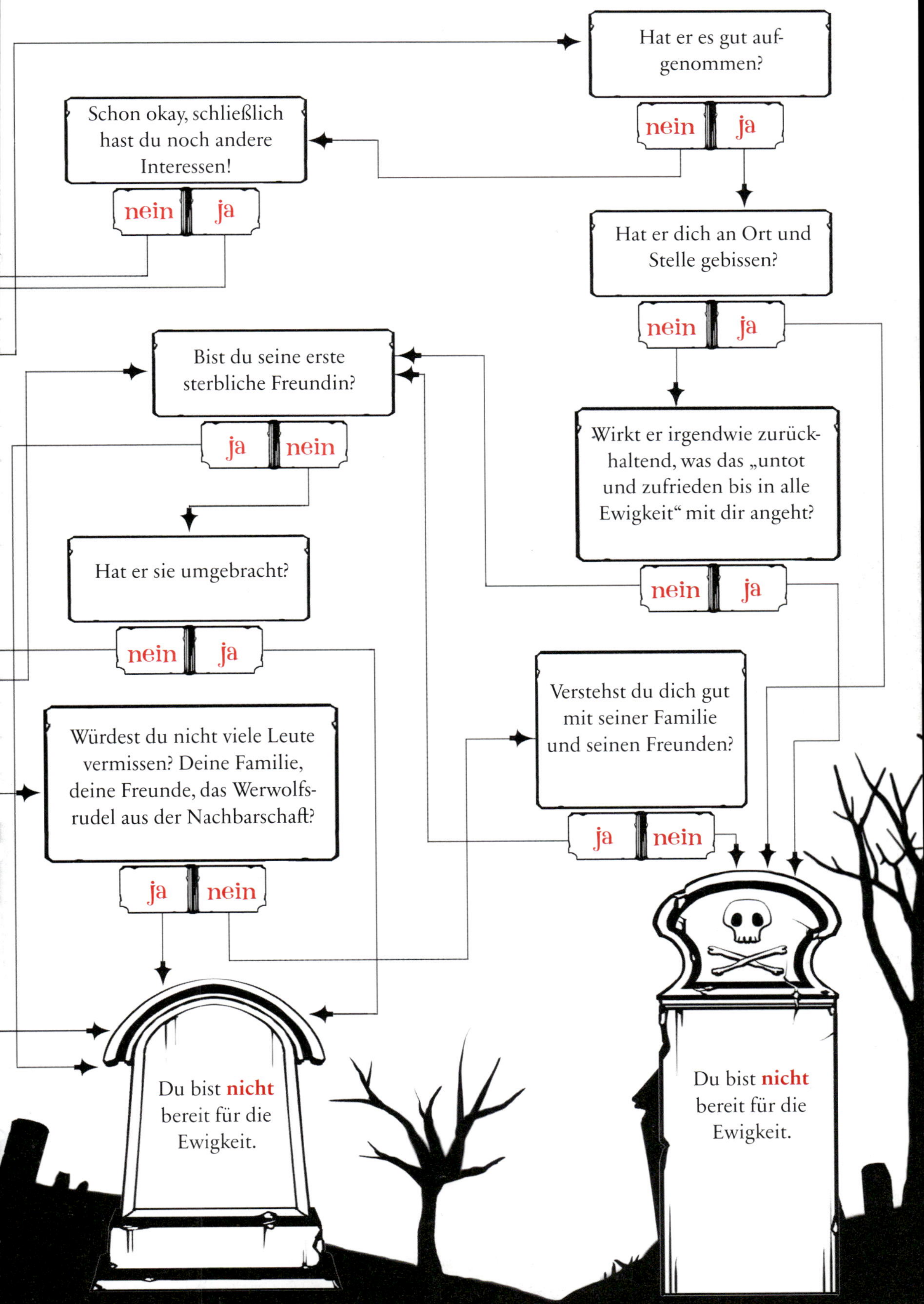
Hat er es gut aufgenommen?
nein
ja
Schon okay, schließlich hast du noch andere Interessen!
nein
ja
Hat er dich an Ort und Stelle gebissen?
nein
ja
Bist du seine erste sterbliche Freundin?
ja
nein
Wirkt er irgendwie zurückhaltend, was das „untot und zufrieden bis in alle Ewigkeit" mit dir angeht?
nein
ja
Hat er sie umgebracht?
nein
ja
Verstehst du dich gut mit seiner Familie und seinen Freunden?
ja
nein
Würdest du nicht viele Leute vermissen? Deine Familie, deine Freunde, das Werwolfsrudel aus der Nachbarschaft?
ja
nein
Du bist **nicht** bereit für die Ewigkeit.
Du bist **nicht** bereit für die Ewigkeit.

Wenn eure Beziehung ausgeblutet ist

Wenn ihr an diesem Punkt angekommen seid, ist es Zeit für ein abschließendes Gespräch mit deinem vormals bevorzugten Blutsauger. Sterbliche sagen oft, dass alle guten Dinge einmal zu Ende gehen. Kleines Update: Alle schlechten Dinge auch! Und zwar, weil die in den meisten Fällen eben … na ja, *schlecht* sind.

Wenn du mit einem Vampir zusammen warst, dann gibt es keine halbherzigen Trennungsversuche. Wenn die Beziehung am Ende ist, dann gilt das in der Regel auch für dein Leben! Du solltest dir also jeden deiner Schritte genauestens überlegen, wenn du heil aus der Sache herauskommen willst. Du magst einst von der Ewigkeit geträumt haben, doch jetzt solltest du zusehen, dass du es noch bis nächsten Donnerstag schaffst. Okay, es heißt zwar „Liebeskummer lohnt sich nicht, my Darling …" Aber die Art von Kummer, die dich erwartet, ist so schlimm, dass noch nicht einmal Schlagersänger dafür Worte finden.

Ich hab es schon kommen sehen. Nathaniel war auf einmal total seltsam zu mir. Einmal bin ich gestolpert und habe ihm Tomatensuppe über seinen Pullover geschüttet. Und anstatt dass er grinst und eine Ode an meine bezaubernd menschliche Tollpatschigkeit aus dem Ärmel schüttelt, rastet er total aus und rennt einfach raus! Na ja, eigentlich ist er mehr rausgeschwebt, denn seine geschmeidigen Bewegungen gleichen denen eines Panthers, der lautlos seiner Beute über den moosigen Waldboden folgt. Oh Mann, ich muss echt aufhören, so über ihn zu denken …
Außerdem hat er mir keine Lieder mehr geschrieben. Als ich ihn fragte, ob ich ihn in letzter Zeit zu irgendwas inspiriert hätte, sagte er zwar Ja, aber es wirkte irgendwie, als hätte er ein schlechtes Gewissen dabei, und dann fing er an, Klavier zu spielen. Erst nach einer Weile fiel mir auf, dass er eine ganz langsame Version von „Since U Been Gone" spielte …

… Da Nathaniel extrem zur Theatralik neigt, war ich mir ziemlich sicher, dass er auf den richtigen Moment warten wollte, um mit mir Schluss zu machen. Also plante ich meinen Tag so, dass ich mir nicht mit den Fütterungszeiten des lokalen Brieftaubenzüchtervereins ins Gehege kam. Ich konnte schließlich nicht riskieren, dass er den Taubenschwarm, der um uns aufsteigt, nutzt, um mit mir bis zum Letzten zu gehen. Das wäre ja wie im Fernsehen bei Kai Pflaume. Aber offenbar war ich nicht vorsichtig genug, denn Nathaniel spürte mich kurz vor Feierabend in der Bibliothek auf. Bevor ich wusste, wie mir geschah, zerrte er mich in den Raum mit den seltenen Büchern und fing mit der altbekannten Leier an: Wir hätten das letzte Kapitel unserer Liebesgeschichte erreicht usw. Ich tat so, als würde ich nur Bahnhof verstehen, aber dann landete diese widerliche, einäugige Taube draußen auf dem Fensterbrett. (Wäre das in einer anderen Stadt auch passiert?!) Nathaniel lächelte schwach, dann griff er meine Hand und fiel vor mir auf die Knie: „Oh, Danielle, meine Liebe, mein Leben. Du bist so verletzlich, so unschuldig, genau wie diese arme, einäugige Taube.“ Ich wollte gegen diesen Vergleich protestieren, aber Nathaniel legte mir den Finger auf die Lippen. „Nein, sprich nicht, meine Holde. Ich habe dich geblendet mit meiner abgöttischen Schönheit und überirdischen Perfektion. Du sollst nicht länger der Bedrohung ausgesetzt sein, ein Monster wie mich zu lieben. Ich muss dich verlassen – für immer. Ich muss! … Und zwar nicht so wie das letzte Mal, als ich dich für immer verlassen habe und drei Stunden später mit einem Epos über deine Schönheit wieder vor der Tür stand. Leb wohl, Geliebte.“ Er gab mir einen Kuss auf die Wange, stürmte aus dem Raum und ich war allein. Nur ich und dieser widerlich glotzende Vogel.

Danielle, 16

Ich war gerade mit meiner Mom beim Obsthändler, um Melonen zu kaufen, als Raoul mir eine SMS schrieb: „Ich finde, wir sollten uns mit anderen Leuten / Vampiren treffen. War nett mit dir! :-)“ Und ich dachte, Vampire hätten ein bisschen mehr Stil!

Nina, 16

Die Mädchen in den vorherigen Erfahrungsberichten sind natürlich ziemlich glimpflich davongekommen. Aus naheliegenden Gründen ist es eben nicht einfach, an Erfahrungsberichte von Opfern zu kommen, bei denen der vampirbedingte Herzschmerz sich nicht nur auf die emotionale Ebene beschränkte. Denn die sind jetzt mausetot. Und ein solches Schicksal ist doch sicher nicht in deinem Interesse? Also, sei vorbereitet: Was immer dein Vampir sich als Trennungszeremonie für dich ausgedacht hat …

Glaubt mir, Trennungen sind nicht so einfach, wie es vielleicht scheint. Sterbliche Mädchen sind immer so emotional! Hat denen denn noch nie einer gesagt, dass Heulen sie nicht hübscher macht und auch nicht im Entferntesten verführerisch?! Dann sollte das mal ganz dringend jemand tun! Immer diese krebsroten, verquollenen Gesichter. Und dann, als ob das nicht schon genug wäre, ticken sie meistens total aus. Holen den Knoblauch raus und gehen mit einem Holzpflock auf einen los! Die sind ja so was von krank!

Iwan, 902

Ich hab Emily tausendmal gesagt, dass es aus ist, aber sie wollte es einfach nicht wahrhaben. Immer wieder rief sie an. Und schrieb SMS. Und kam vorbei. Irgendwann hielt ich es einfach nicht mehr aus. Ich log sie an und versprach ihr, sie unsterblich zu machen. Und als ich sie dann biss, setzte ich der Beziehung (und ihrem Leben) ein Ende. Ich weiß, was ihr jetzt denkt, aber es ist mir egal! Das Schlimmste ist, dass sie noch nicht mal besonders lecker war, nachdem sie mir so viel Ärger gemacht hat …

Tarquin, 73

Eine Beziehung mit einem sterblichen Mädchen zu beenden ist nie einfach. Liebe und Vampire – das beißt sich einfach. Meines Erachtens ist die effektivste Methode, den „nice guy" zu spielen. Nichts schlägt sterbliche Mädchen schneller in die Flucht als ein Typ, der zu nett ist.

Vigor, 765

Ich persönlich bevorzuge die Im-Sand-verlauf-Technik. Ich treffe mich einfach seltener mit ihnen. Und seltener. Und seltener. Einer unserer ganz großen Vorteile den Menschen gegenüber ist es, dass wir einfach mehr Zeit haben, um Probleme auszusitzen. Ihre Aufmerksamkeit hingegen wendet sich anderen zu ... Und dann kannst du dich ganz in Ruhe einem neuen Leben in einer anderen Stadt widmen.

Elijah, 313

Karina war immer so melodramatisch. Ich wusste, dass ich ganz schön was würde auffahren müssen, um ihr den Laufpass zu geben. Also wartete ich, bis sie aus der Schule kam. Dann flog ich in die Luft und schrieb mit rotem Rauch E-S-I-S-T-A-U-S-M-I-T-U-N-S in den Himmel. Das war gar nicht mal so einfach, aber ihr Gesicht zu sehen, als sie langsam kapierte, dass es vorbei ist, war es absolut wert.

Armand, 403

Beziehungsendmantras

Und du dachtest, deine Beziehung würde ewig halten? Süß, wirklich … Du dachtest, von allen Frauen, mit denen er sich über die Jahrhunderte getroffen hat, wärst *du* diejenige, mit der er den Rest der Ewigkeit verbringt. Menschlicher Optimismus ist manchmal wirklich putzig.

Zeit, die Scherben aufzusammeln! Wenn du immer noch nicht in Tränen aufgelöst bist, hat mein geschätzter Kollege Dr. vamp. Thaddeus Phillips diesmal ein paar Mantras für dich, die dich im Handumdrehen auf den Boden der Tatsachen zurückholen.

Aus der Feder des Dr. vamp. Thaddeus Phillips

Götter lassen sich nicht mit Bauern ein!
Götter lassen sich nicht mit Bauern ein!

Ohne mich geht es ihm besser!
Ohne mich geht es ihm besser!

Ich hatte keine Chance!
Ich hatte keine Chance!

Bald scheint wieder die Sonne!
Bald scheint wieder die Sonne!

Meine Liga sind picklige Teenies.
Meine Liga sind picklige Teenies.

Wenn es dir dann besser geht, kannst du dir natürlich auch die Mantras von Dr. Phillips' Exfrau, Dr. phil. Jane Oakes, zu Herzen nehmen.

Aus der Feder der Dr. phil. Jane Oakes

Niemand hat es verdient, wie ein dahergelaufener Blutspender behandelt zu werden! Du bist etwas Besonderes und du hast etwas Besseres verdient. Unten findest du eine Liste von Dingen, die belegen, dass du die richtige Entscheidung getroffen hast, indem du ihn in die Wüste geschickt hast. Diese Gründe solltest du dir immer wieder vorsagen, wenn du morgens in den Spiegel schaust (denn das kannst du jetzt endlich wieder!). Sage sie dir einmal vor oder auch zehnmal – und du wirst im Handumdrehen über deinen Vampir hinwegsein.

- *Pastell ist kein Schimpfwort.*
- *Ich verdiene jemanden, der mich um meiner selbst willen liebt, und nicht nur, weil meine Blutgruppe A-negativ ist.*
- *Es ist nichts Verwerfliches daran, sich nach einem Date bei Tageslicht zu sehnen.*
- *Auf Dauer geht einem das ganze Angestarre im Mondlicht ziemlich auf die Nerven. Außerdem wird es ziemlich kalt.*
- *Rouge zu tragen ist vollkommen okay! Maybelline, du hast mir gefehlt!*
- *Zum dreihundertsten Mal sechzehn werden ist langweilig!*
- *Herz-Kreislauf-Training besteht nicht – ich wiederhole: nicht – darin, mich mit einem Stück Papier zu schneiden und dann zu sehen, wie schnell ich rennen kann.*
- *Es kann ja wohl nicht angehen, dass Wauzi jedes Mal in Lebensgefahr schwebt, wenn mein Freund zu Besuch kommt.*
- *Es ist ein ganz normales Gefühl, dass es mir lieber wäre, mein Freund würde seine Zeit mit mir verbringen, statt jede Nacht mit seinen Kumpels auf dem Friedhof abzuhängen.*

Du wirst nie ganz darüber hinwegkommen: Seine göttergleiche Haltung, sein beschwörender Blick, seine samtweichen Lippen, seine Stimme, wie ein wisperndes Bächlein voller Träume, und seine steinharte Brust. Tja, so ist das eben. Wenn du einmal Blut geleckt hast, fällt es schwer, wieder Cola zu trinken. Aber du musst überleben, und sei es nur, damit du dich – dumm, wie du bist! – sofort in den nächsten Vampir verlieben kannst.

Wirst du dich von der Masse der Menschheit abheben und aus deinen Fehlern lernen? Wirst du dich rächen? Das weiß nur die Zukunft – und der letzte Abschnitt in diesem Buch.

Ein
L.O.B.
(Leben ohne
Blutsauger)
für dich!

Seltsamerweise bist du mir über die letzten Seiten richtig ans Herz gewachsen und darum – obwohl ich über solche Insidergeheimnisse eigentlich schweigen sollte wie ein Grab – zeige ich dir jetzt, wie du eine Trennung von einem Vampir überstehst (und vor allem überlebst!).

Vlads Erste Hilfe bei Vampir-Trennungen

Weihwasser für den Nachttisch (Fläschchen fürs Täschchen nicht vergessen!)

Spieglein, Spieglein überall.

Knoblauch auch: Iss ihn, häng ihn auf, flechte ihn dir ins Haar, mach ein Duftwässerchen daraus und sprüh es *überall* hin.

Mach drei Kreuze … und häng eins über die Tür, eins übers Fenster, eins über dein Bett. Dachtest du wirklich, der Rosenkranz, den du von deiner Großmutter geerbt hast, wäre nur ein schönes Erinnerungsstück? Weit gefehlt. Als Oma noch jung und knackig war, hatte sie selbst ein kleines Drama mit einem Untoten und dachte sich, falls du mal ein Vampirproblem hättest, wäre das Ding sicher nicht ganz unpraktisch.

Nie ohne Pflock! Es gibt sogar welche, die so klein sind, dass sie in eine Lippenstifthülse passen. Praktisch!

Waffen: Wenn es eine *richtig* schlimme Trennung war und eure letzte Unterhaltung damit endete, dass er deiner sterblichen Seele ewige Rache schwor, solltest du dich mit der schärfsten, schwersten, längsten Waffe (Schwerter, Macheten oder Äxte eignen sich besonders gut) versorgen, die du kriegen kannst. Vergiss nur nicht, sie vorher segnen zu lassen! Wenn alle Stricke reißen, musst du den Kerl eben köpfen.

Bist du ein Vampir-Junkie?

Machen dich diese Vorsichtsmaßnahmen ganz traurig? Nicht weil sie unbequem sind und den unangenehmen Eindruck vermitteln, dass er dich am liebsten tot sähe, sondern weil du ihn so schrecklich vermisst? Denkst du vielleicht schon: Der nächste Vampir, mit dem ich ausgehe, beschützt mich sicher vor diesem hier. Der Prototyp hatte eben einfach noch ein paar Macken. Du, mein süßes sterbliches Ding, riskierst es, zum Vampir-Vamp zu werden, zur Miss Biss, zum Gruft-Groupie – ganz recht, zu einem Mädchen, das süchtig nach Vampirliebe ist. Hier ein kleiner Test:

1. **Ekelst du dich vor Dingen, die normalsterbliche Männer tun, wie zum Beispiel die Klobrille hochgeklappt lassen, rülpsen oder atmen?**
   a) Ich kann damit leben.
   b) Das mit dem Rülpsen muss nicht unbedingt sein.
   c) Igitt, atmen? Ist ja ekelhaft.

2. **Dein Traumtyp …**
   a) … ist irre klug.
   b) … hat einen wunderbaren Sinn für Humor.
   c) … glitzert.

3. **Was ist das Tollste daran, einen Freund zu haben?**
   a) Jemanden zu haben, der mir mein Essen klein schneidet, damit ich mich nicht selbst verstümmle.
   b) Jemanden zu haben, mit dem ich meine Freundinnen eifersüchtig machen kann.
   c) Jemanden zu haben, der mich liebt.

4. Was macht dein perfekter Partner beim Abschlussball?

a) Tanzen. Er legt gern 'ne heiße Sohle aufs Parkett.
b) Arrogant gucken. Das ist eben sein Ding.
c) Jammern. Er wäre lieber zu einem Lyrikvortrag gegangen.

5. Warum hast du dich von deinem letzten Freund getrennt?

a) Das Ganze wurde mir zu ernst.
b) Er hat mir zu viel Zeit mit seinen Freunden verbracht.
c) Er ist total aus der Puste geraten, als wir wandern waren ... und er mich die letzten zehn Kilometer tragen sollte.

6. Was ist für dich das perfekte Date?

a) Ein romantischer Strandspaziergang.
b) Ein Besuch auf dem Friedhof im Mondschein, wo wir dem schwermütigen Gesang der Raben lauschen und ich in den faszinierenden Tiefen seiner Augen versinken kann.
c) Essen gehen und Kino.

7. Welchen Altersunterschied findest du ideal?

a) Ich mag am liebsten Jungs in meinem Alter. Wir haben am meisten gemeinsam.
b) Ich finde es besser, wenn er zwei, drei Jahre älter ist als ich. Schließlich sind Mädchen ja allgemein reifer.
c) Ich fange nur etwas mit Typen an, die im 19. Jahrhundert geboren wurden. Die zitieren Dostojewski statt Adam Sandler und die Eins im Literaturkurs ist mir so gut wie sicher.

8. Welchen Star findest du einfach toll?

a) Zac Efron. Sängern kann ich nun mal nicht widerstehen.
b) Dirk Nowitzki. Sportler sind scharf.
c) Jonathan Rhys Meyers. Ich liebe den bleichen, gequält aussehenden Typ, bei dem man immer den Eindruck hat, dass er einen am liebsten umbringen will.

Auswertung

1	a=3	b=2	c=0
2	a=3	b=3	c=0
3	a=0	b=1	c=3
4	a=3	b=0	c=2
5	a=3	b=1	c=0
6	a=2	b=0	c=3
7	a=3	b=2	c=0
8	a=1	b=3	c=0

0 bis 4 Punkte:

Wahnsinns-Vampirella! Du bist der absolute Vampir-Junkie. Auf den folgenden Seiten findest du ein paar hilfreiche Tipps, was du dagegen tun kannst.

5 bis 18 Punkte:

Beauty in Black. Vielleicht bist du nicht unbedingt hinter dem Kapitän des Footballteams her, aber ein schlagender Puls gehört für dich immer noch zur Grundausstattung. Weiter so!

19 bis 24 Punkte:

Heiße Homo-Sapiens-Braut. Du magst smarte, sexy Jungs mit Herz – und zwar mit einem, das schlägt! Glückwunsch, du hast gute Chancen auf ein zufriedenes, total normales Leben.

Endlich Nicht-Vampir-Fan!

Brauchst du immer noch Hilfe dabei, dich der scheinbar unwiderstehlichen Anziehungskraft deines Vampirs zu entziehen? Nun ja, du könntest ja versuchen, dich in einem kleinen Zimmer ohne Kontakt zur Außenwelt einzuschließen, und zwar für den Rest deines Lebens. Aber das klingt selbst für mich als Vampir recht eintönig. Sicherlich gibt es da auch andere Möglichkeiten:

Halt dich von ihm fern.

Geh nur von Sonnenauf- bi(s)s -untergang raus, damit du ihm nicht zufällig begegnen kannst. Am besten ziehst du an den Äquator, da sind die Tage am längsten.

Geh mit anderen Spezies aus.

Du erinnerst dich doch an den Typen aus der Parallelklasse, bei dem du immer hättest schwören können, dass er ein Marsmensch ist? Tja, der Weltraum und seine unendlichen Weiten warten nur auf dich …

Tut es weh? Tu *ihm* weh!

Besorg dir eine Voodoopuppe und stich ein paar Nadeln hinein. Steck sie dann in den Sandwichtoaster und freu dich am nächsten Tag über seine lustigen Bräunungsstreifen!

Du denkst langsam, du warst nicht gut genug für ihn? Dann mach ihn schlecht.

Verbreite auf dem Friedhof das Gerücht, dass er seine Schwester zum Abendessen verspeisen will. Den Rest übernimmt dann schon sein Clan.

Fang an, Tagebuch zu schreiben.

Und schick es mir für die Fortsetzung dieses Buchs!

Iss. Viel.

Hol dir die Hälfte der fünf Kilo wieder, die du verloren hast, als du in der Pizzeria nie Knoblauchbrot bestellen durftest, weil er das nicht ertragen konnte. „Ich bin über dich hinweg“ – sag’s nicht mit Blumen, sondern mit einer Knobifahne!

Wirf alle Erinnerungsstücke weg.

Zum Beispiel die erste verwelkte Blume, die er dir geschenkt hat, oder die Rollkragenpullis, die er dir gekauft hat (aus Eifersucht, damit dein göttlicher Hals nur ihm vorbehalten bleibt). Und kündige dein Abo für die *Vampire Fair*.

Installiere ein Elektrogitter über deinem Fenster.

Na gut, ein paar unglückselige Schwalben könnten zu echten Pechvögeln werden, wenn sie auf dem Weg zu ihrem Nest verbrutzeln, aber das ist die Entspannung ohne Vampirspanner doch wert.

Geh zu den Anonymen Vampirikern (AV).

Aus deinen dunklen Klamotten näht ihr dort schöne Spruchbänder für den Internationalen Vampirhassertag. Und lass dich mal wieder bei Benetton sehen – die haben dich schon vermisst.

Kauf dir „Vampirette“-Pflaster.

(Die kriegst du bei den AV.) Angeblich reicht schon ein Pflaster pro Tag, um dir genügend gute Laune zu verabreichen, dass du damit zur Ober-Cheerleaderin werden könntest. Außerdem sollen sie eine Substanz (ich sage nicht, welche) in deinen Blutkreislauf abgeben, die dich etwas weniger lecker macht.

Ist Freundschaft die Lösung?

Eure Beziehung ist tot, ihre Asche schon so kalt wie seine wohlgeformte Brust. Aber du kommst *immer* noch nicht von ihm los. Er sagt: „Lass uns Freunde bleiben … zumindest solange deine sterbliche Hülle auf Erden wandelt." Das hört sich zunächst gut an, aber wägen wir doch einmal die Vor- und Nachteile gegeneinander ab.

Pro	Kontra
Du kannst dich immer wieder an seiner glitzernden Glorie weiden.	Er sieht zu, wie du alt wirst.
Er zeigt neuen Typen gleich mal, wie hoch die Messlatte liegt. Du hast schließlich in der Oberliga gespielt!	Er zeigt dir gleich mal, wie niedrig du die Messlatte bei neuen Typen anlegen musst. Du wirst schließlich nie wieder in der Oberliga spielen!
Er kann dich immer noch aus lebensbedrohlichen Situationen retten.	Er ist der einzige Grund, warum du in lebensbedrohliche Situationen gerätst.
Er ist immer da, wenn du jemanden zum Reden brauchst – Tag und Nacht.	Diese Augenringe von spätnächtlichen Vampirgesprächen helfen dir auch nicht gerade dabei, einen neuen Kerl abzukriegen.
Er verscheucht die ganzen Serienmörder.	Er verscheucht die ganzen Werwölfe.
Er betrachtet deine Probleme auf lange Sicht.	Er betrachtet deine Probleme als trivial.
Er macht Eindruck auf deine Freundinnen …	… bis er ein paar von ihnen verspeist hat.

Und, hast du eine Ahnung, worauf ich hinauswill?

Vampir-Alternativen

Eine Trennung von einem Vampir ist hart. Genauso hart ist es, sich mit frisch gebrochenem Herzen wieder auf etwas Neues einzulassen. Bevor du dich nun aber gleich auf den nächsten Vampir stürzt, denk lieber noch einmal nach. Wie sehr dir auch verständlicherweise gefällt, was ein Vampir alles zu bieten hat, versuch es doch lieber mit einem neuen Freund, der zwar kein Vampir ist, aber GVG (gerade Vampir genug).

Werwolf

Die haben zwar nicht so eine vornehme Blässe wie Vampire, aber das ist eigentlich positiv, denn ein Werwolf kann auch tagsüber mit dir rausgehen. Auch an den Strand. Und vielleicht wird er sogar braun (falls er sich rasiert hat)! Außerdem können Werwölfe viel schneller rennen und höher springen als du und sind unglaublich stark. Also definitiv gefährlich genug, um GVG zu sein. Und ihre Treue und Zuneigung verleihen ihnen diesen ganz besonderen Welpencharme!

Zombie

Untot? Ja. Blasse Haut? Jawoll. Der Drang, dir etwas auszusaugen, das dich am Leben hält? Und ob. Hört sich an, als hätte ein Zombie genug mit einem Vampir gemeinsam, um dein Interesse zu wecken. Na gut, vielleicht fault er ein bisschen vor sich hin und ein Wunder der Rhetorik ist er auch nicht gerade (von dem kannst du keine Sonette erwarten), aber dafür ist ihm nichts so wichtig, wie dir nahe zu sein. Außerdem hast du mit ihm endlich einen Typen gefunden, der auf Mädchen mit Hirn steht.

Elb

Legolas als Lover – klingt doch verlockend. Denk an all die großgewachsenen Elben mit langem, wehendem blonden Haar, die übernatürlich gut aussehen. Ihre entfernten Verwandten, die Orks, sorgen für den Gruselfaktor, auf den du so stehst.

Vielleicht ist dein neuer Süßer ja so verliebt, dass er seine Unsterblichkeit aufgibt, um den Rest seines Lebens mit dir zu verbringen.

Nekromant

Mit einem Nekromanten kann es leicht ein bisschen schaurig werden. Zum Beispiel, wenn böse Geister hinter ihm her sind, vor denen er dich beschützen muss. Außerdem trägt er immer ein ganzes Sortiment Glöckchen am Leib, was beim Rummachen ein bisschen stört. Aber dir macht das Thema Tod ja offensichtlich nichts aus und du liebst die Herausforderung.

Mumie

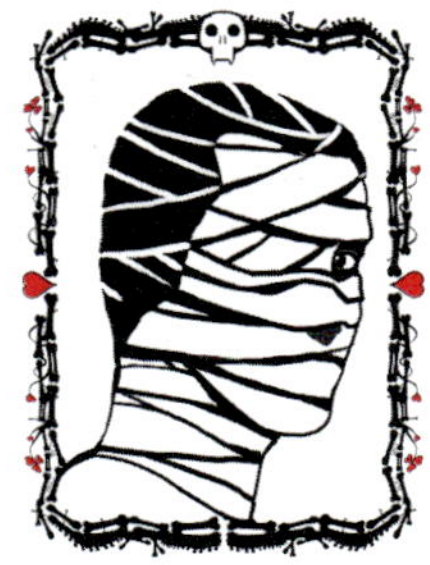

Wenn du auf den starken, stillen Typ stehst und dir kilometerweise Leinwand nichts ausmachen, könnte eine Mumie GVG für dich sein. Achte nur darauf, dass du nicht seine erste menschliche Freundin bist: Die meisten Mumien gibt es leider nur mit einem fiesen Fluch, der den Ersten trifft, der ihr Grab öffnet. Wenn du es aber schaffst, ihn von diesem Fluch zu befreien, gehört sein Herz für immer dir. Falls du es suchst: Es ist in einem der Gefäße neben seinem Sarkophag.

Geist

Er hat mit Sicherheit übernatürliche Kräfte und wacht die ganze Nacht über dich, während du schläfst – definitiv GVG. Halt dich bloß fern von Poltergeistern, die wollen dich nur umbringen. Such dir lieber eine unerlöste Seele. Dann kann er dich heimsuchen, während du ihm dabei hilfst, herauszufinden, was er auf der Erde noch zu erledigen hat.

Vampirjäger

Wenn du auf Rache aus bist, ist das auf jeden Fall der Nächste, mit dem du was anfangen solltest!

Es ist so schwer, wieder ein normales Leben ohne Stanislaf zu führen. Immer wieder gehe ich auf den Friedhof, wo er mir gestand, dass er untot ist, oder sitze nachts in der Kirche und stelle mir vor, er wäre bei mir … Ich kann nichts dagegen tun. Jedes Mal, wenn ich aus dem Augenwinkel eine Bewegung wahrnehme, denke ich, er ist es. Und dann drehe ich mich um und es ist bloß ein Vogel oder der Heilige Geist. Ich gehe tagsüber nicht oft raus, weil die Chance größer ist, ihn zu treffen, wenn ich das nachts mache. Mit anderen Worten, ich brauche Hilfe.

Anna, 19

Als Parzival Schluss gemacht hat, habe ich erst mal seine ganzen Gedichte wieder gelesen, die er für mich geschrieben hatte. Dabei habe ich gemerkt, dass einige Wendungen sich andauernd wiederholen. Ganz spontan habe ich ein bisschen gegoogelt und dabei herausgefunden, dass seine Gedichte von vorn bis hinten aus Textzeilen eines bekannten Schlagersängers bestanden. Außerdem ist mir aufgefallen, dass sie noch nicht einmal Sinn ergeben. Und mit so einem Quatsch hat er mich weichgekriegt?

Verlieben, verloren, vergessen, verzeihn
Der Himmel brennt, die Engel flieh'n
Ich trinke nie mehr Tequila
Hölle, Hölle, Hölle

Ich fange nie wieder was mit einem echten Vampir an!

Jessica, 15

Du fühlst dich, als hätte man dir ins Herz geschossen. Alles erinnert dich an ihn. Mädchen, reiß die Vorhänge auf, mach's dir auf der Couch mit einem kitschigen Liebesfilm und einem Eimer Macadamia Nut Brittle bequem und trockne deine Tränen! Es gibt viele Gründe, als Sterbliche weiterzuleben ... zumindest für die nächsten 75, 80 Jahre.

Aber welche Gründe können das sein? Ich weiß, du willst dich einfach in deiner Höhle vergraben und dich in Erinnerungen an deine gescheiterte Beziehung ergehen. Aber denk doch mal nach! Jetzt kannst du endlich wieder all die Dinge tun, die du so lange missen musstest: in die Sonne gehen, durch den Park spazieren, abhängen am Strand, beim Abendessen tatsächlich etwas essen und deswegen kein schlechtes Gewissen haben, deinen Chihuahua getrost zu Hause lassen, ohne dir Sorgen zu machen, dass er nachher mysteriöserweise verschwunden sein könnte, eine Riesengeburtstagsparty feiern, ohne dir dabei blöd vorzukommen, dir andere Sportarten als Baseball angucken, einen Jungen küssen, ohne Angst zu haben, dass du untot bist, wenn er mal abrutscht, Parfüm auflegen, auf die Sonnenbank gehen, kleine Schrammen nicht vor deinem Freund verstecken müssen, bis sie wieder geheilt sind, traditionelle Feiertage begehen, Gemüse mit Knoblauch (!) kochen und so vieles mehr.

Gut, du lebst vielleicht nicht für immer, aber zumindest musst du nicht in einem Sarg rumliegen, bis der Sensenmann kommt. Also schließ dich nicht im Mausoleum deines Selbstmitleids ein! Geh raus in die Sonne. (Nein, im Ernst, raus mit dir. Du hast wahrscheinlich schon totalen Vitamin-D-Mangel.) Und genieß die heiteren Seiten des Lebens! Es ist jetzt wesentlich weniger düster als in der ganzen Zeit, die du mit deinem Vampir verbracht hast.

Lass mich dir außerdem sagen, dass du nicht allein bist. Es gibt viele wunderbare Organisationen und Netzwerke, die solch dickköpfigen Dingern wie dir Hilfe anbieten.

Nummern gegen Kummer und andere Hilfsangebote

Heiße Tipps von der Jägerin

Ein Vampir hat dir gesagt, die Ewigkeit wäre nichts für dich? Und jetzt wünschst du dir, auch seine Zeit wäre abgelaufen? Ruf an: 0800-666 666 oder schreib eine E-Mail an pflock_rein@batmail.de.

Vampir-Depressions-Hotline

Es gibt Melancholie. Und dann gibt es noch schiere Verzweiflung. Wenn du glaubst, dass er wirklich deprimiert ist und nicht nur düster guckt, um sexy auszusehen, rufst du besser die Vampir-Depressions-Hotline an (im Branchenbuch unter Seelenlosensorge). Denn *sich* kann er zwar nicht umbringen, dafür aber die ganze Stadt.

Anonyme Vampiriker

Krieg dich wieder ein, das ist keine Pro-Vampir-Vereinigung, wo du vielleicht noch den einen oder anderen sexy Thaddeus oder Ernesto abschleppen kannst. Sondern ein Zwölf-Stufen-Programm für die unseligen Jungs und Mädels, die von ihrer Vampirsucht allein nicht loskommen. (Zu finden in jeder Kirchengemeinde.)

Nun, mein liebes Menschlein, fürchte ich, für Vlad ist es an der Zeit, *Au revoir* zu sagen. Ich hoffe, ich konnte dir die Freuden und Gefahren des Vampir-Datings hinreichend erläutern und du nimmst dir meine Tipps zu Herzen.

Ich muss dich nun leider verlassen, denn ich habe eine Verabredung mit einem Mädchen, das dir nicht unähnlich ist. Der große Unterschied zwischen euch? Sie liest nicht gern.

Armes Ding. Ein Buch wie dieses wäre eine so große Hilfe für sie gewesen.

Bis(s) die Tage,
Dein Vlad